点 一 盏 希 望 之 灯 ， 照

山那边，有光

SHAN NABIAN
YOU GUANG

◎ 徐一洛 著

广西科学技术出版社

图书在版编目（CIP）数据

山那边，有光 / 徐一洛著 . —南宁：广西科学技术出版社，2020.10
ISBN 978-7-5551-1442-0

Ⅰ . ①山… Ⅱ . ①徐… Ⅲ . ①纪实文学—中国—当代 Ⅳ . ① I25

中国版本图书馆 CIP 数据核字（2020）第 202170 号

山那边，有光

徐一洛　著

策　　划：卢培钊　黄敏娴	组　　稿：方振发
责任编辑：方振发　程　思	助理编辑：苏深灿
责任校对：吴书丽	封面设计：陈　凌
责任印制：韦文印	

出 版 人：卢培钊
出版发行：广西科学技术出版社
社　　址：广西南宁市青秀区东葛路 66 号　　　　邮政编码：530023
网　　址：http://www.gxkjs.com
印　　刷：广西民族印刷包装集团有限公司
地　　址：南宁市高新区高新三路 1 号　　　　邮政编码：530007
开　　本：787 mm × 1092 mm　1/16
字　　数：160 千字　　　　　　　　　　　印　　张：13.25
版　　次：2020 年 10 月第 1 版
印　　次：2020 年 10 月第 1 次印刷
书　　号：ISBN 978-7-5551-1442-0
定　　价：46.00 元

目录

引言

远山的呼唤

　　"南岭无山不有瑶"。在中国这个多民族的大家庭中，瑶族是一个有着悠久历史的民族，主要分布在广西、湖南、广东、云南、贵州、江西等省（自治区）的山区。由于各地所处的生态环境不同，经济状况不同，接触、交往的邻近民族不同，瑶族内部在文化上也出现了差异。地域文化和族群文化逐渐萌芽和变迁，瑶族内部形成了盘瑶、布努瑶、平地瑶和茶山瑶等几个较大的支系。

　　在元、明、清三代，大量瑶族同胞从湖南道县、江华、江永及广东西北部迁入广西，广西成为瑶族人口分布最多的地区。自秦汉以来，桂、粤、湘边界南岭民族走廊一直是瑶族从湖南迁徙到两广地区的一条重要通道，处于萌渚岭下的贺州成为瑶族从湖南迁入广西最早居住的地区之一。据清代《广西通志》记载，当时广西的贺县（今贺州市八步区）、富川、昭平、南丹等60多个州县都有瑶族居住。

　　散居在贺州绵延起伏的24条山冲中的瑶族，全部是土瑶和过山瑶，均以盘王为祖先，自称"勉"，同属盘瑶支系，使用的语言都是勉语，可以相互沟通，但彼此分寨聚居，不通婚嫁。因土瑶先来定居，故称"土瑶"或"在（住）地瑶"，意为"在这里定居的瑶族"。

　　土瑶是只聚居于贺州市平桂区的瑶族支系，主要分布在鹅塘镇的明梅、槽碓、大明和沙田镇的狮东、金竹、新民等6个行政村。目前，这6个行政村有家庭1932户，总人口10350人，其中土瑶人口8500人，占总人口的82.13%。2015年底，土瑶村贫困发生率超过50%，有的地方甚至超过70%，是典型的"贫中之贫、困中之困"，是平桂区乃至贺州市脱贫攻坚中最难啃的"硬骨头"。

土瑶人民的贫困，外面的人很难感受得到。究其贫困的原因，主要有如下四个方面。

一是自然条件恶劣。土瑶地处深山，一到冬天，时常会大雪封山，村民无法下山，很难种植经济作物。

二是崇山峻岭阻隔，交通闭塞。村与村之间隔着遥远的山路，甚至同村两户之间也距离较远。山上的人出不去，山下的人进不来。路难行，给村民的日常生活带来"五难"，即日常生活用品运进难、砍伐杉树运输难、村庄面貌改变难、学生上学通行难、百姓致富更是难。除了这些，土瑶同胞更是面临其他重重困难：吃水难、用电难、发展产业难……

三是经济发展落后。鹅塘镇的土瑶村民少有水田，生产方式十分落后。很多家庭劳动耕种一年的收成，仅够糊口一个月，而且多为杂粮、粗粮，日子过得非常紧巴。沙田镇的土瑶村民只有少量沼泽田，每年仅能种一季水稻，且产量很低。土瑶群众只能依靠在山上种植茶树、生姜、杉树等，再将卖茶叶、生姜、杉木所得的钱用来购买粮食和蔬菜。这种落后的经济流通手段，严重阻滞了土瑶聚居区的经济发展。去山外打工的村民，由于缺乏技术，就业机会少，收入偏低。

四是社会发展落后，教育、文化、卫生、医疗水平低下。村民房屋普遍离学校较远，由于交通不便，村里的孩子上学极为不便，因此造成部分孩子辍学。村民的教育观念落后，大部分学生读完初中甚至小学便辍学去打工。由于缺乏资金，学校的师资力量很薄弱；山里缺少专业的医生，医疗条件跟不上。

土瑶人民消除贫困、改善民生，迫在眉睫！

深度贫困的土瑶群众，深深牵动着党中央和广西壮族自治区领导的心，党中央和自治区领导对贺州市平桂区土瑶聚居深度贫困地区的脱贫攻坚工作高度重视。

2018年1月4日，汪洋同志对调研报告《瑶族支系"土瑶"群众深度贫困状况亟待扭转》作出批示，平桂区的6个土瑶聚居深度贫困村成为脱贫攻坚的重中之重。

2019年6月30日至7月1日，广西壮族自治区党委书记、自治区人大常委会主任鹿心社深入贺州市富川瑶族自治县、钟山县、平桂区，围绕县域经济发展、脱贫攻坚、乡村振兴等开展"不忘初心、牢记使命"主题教育调研。鹿心社乘车沿着坡急沟深的山路，历经2个多小时来到平桂区沙田镇金竹村，走村入户看望、慰问困难群众，了解土瑶群众的生产生活情况，同当地干部群众一起谋划精准脱贫之策，给贫困群众加油鼓劲。"看到你们日子过得比过去好多了，我们很高兴。相信有各级党委政府的关心支持，在大家的共同努力下，瑶族同胞的日子一定会越过越好。"得知村民有刺瑶绣、制作竹编、加工黑茶的传统，鹿心社要求当地政府加大扶持和培训力度，把传统文化传承下去，带领群众把特色产业发展好，扎实推进贺州土瑶聚居深度贫困村脱贫攻坚三年行动，实现脱贫致富。

2018年3月28日，时任自治区主席陈武深入贺州市平桂区沙田镇大冲屯，实地考察土瑶聚居深度贫困地区脱贫攻坚工作，与瑶胞共谋精准脱贫之策。他强调，要深入贯彻落实习近平总书记关于做好深度贫困地区脱贫攻坚的系列重要讲话精神，坚定信心、突出重点、集中力量，扎实有效地打好土瑶聚居深度贫困地区脱贫攻坚战，决不让一个少数民族、一个地区在全面小康路上掉队。

贺州市委、市政府，平桂区委、区政府及时建立了市、区联动工作机制。市委书记李宏庆、市长林冠等带领市直有关部门多次深入土瑶聚居区调研，为平桂区下一步打好土瑶村脱贫攻坚战指方向、提要求，成立了以市委、市政府主要领导为组长的领导小组，新增市四家班子主要领导和市委常委挂点联系土瑶村，加大帮扶支持力度。

贺州市平桂区各级各部门紧紧围绕习近平总书记关于做好深度贫困地区脱贫攻坚的系列重要讲话精神，按照时任自治区主席陈武到土瑶聚居区调研现场办公会上提出的"一年初见成效，两年大见成效，三年脱贫摘帽"的目标任务，依照"紧盯一个目标，强化四大保障，聚焦六项工作"的工作思路，进一步明确工作重点、细化工作措施，为土瑶村脱贫确立了"时间表"和"任务书"，土瑶聚居区的脱贫攻坚工作如火如荼地继续开展。

帮助土瑶同胞拔穷根、挪穷窝、富农家，党和政府从未停歇过，平桂区委、区政府高度重视，为6个土瑶村各派驻了第一书记和驻村工作队。

在党和政府的高度重视和支持下，在第一书记、驻村工作队员、村党支部书记和村务工作者的共同努力下，土瑶人民的生活发生了翻天覆地的变化。

平桂区委、区政府和社会各界人士为土瑶群众修路建桥，通过抓好基础设施建设，逐步改变土瑶山区的落后面貌，助推瑶族同胞走向文明、富裕之路。

路通了，一大批民生建设项目也在全面铺开，基础设施项目全部开工，环村路、戏台、篮球场、扶贫车间、幼儿园、人饮工程也在加快建设中。同时，大力推进幸福乡村建设，整治农村环境卫生，改善村民居住环境。基础设施的完善，交通的便利，大大促进了杉树、生姜、油茶、茶叶、养殖等产业快速健康发展。

投资445.4万元的鹅塘镇槽碓村、明梅村2个农村饮水安全巩固提升工程已竣工。明梅村现如今修了蓄水池，建起了卫生室，修了垃圾池，大力改善了医疗卫生条件。鹅塘镇卫生院和沙田镇卫生院新增业务用房扩建项目2020年底完成工程主体建设，6个土瑶村卫生室已投入使用。在平桂区率先试点城乡居民医疗保险网络直报，新型农村合作医疗（简称"新农合"）可直接在村卫生室报销。

2015年，槽碓村全村通上了电；2016年，村里安装了广播电视，可收看几十个卫星电视频道；2018年，全村都建起了无害化卫生厕所。

平桂区不断加大教育资金投入，持续改善贫困地区义务教育薄弱学校的办学条件，提高教育质量，进一步完善现有6个土瑶村教学点的基础设施建设，实施校舍翻新工程，改善办学条件，促进义务教育均衡发展，最终实现土瑶学生全部集中寄宿就读，从根本上解决土瑶学生上学难问题。

部分愿意搬迁的土瑶群众欢欢喜喜地搬进扶贫搬迁安置社区"老乡家园"，开始了崭新的生活。"老乡家园"周边的各种基础设施日趋完善，中心医院、社区医院、高中、初中、小学等便民服务设施更是日益齐备。这个综合服务功能齐全、生活环境幽雅、和谐稳定的现代社区，真正成了搬迁乡亲们生活的乐园、创业之福地。

对于另一部分无意愿搬迁的贫困群众，平桂区采取企业赞助、农户投工投劳和村民互助互帮等方式，降低成本，加快危房改造，确保"两不愁三保障"全面落实。

扶贫工作者还向社会各界募集帮扶资金，先后发动辖区40多家民营企业捐资助学，募集资金110万元，惠及6个土瑶村11个教学点的151名贫困学生。

在各方的努力下，土瑶村的面貌日新月异：从崎岖不平、尘土飞扬的泥土路，到平坦宽阔的水泥路；从低矮破旧的木瓦房、茅草房，到一幢幢洋气的水泥楼；从挣扎在贫困线下靠天吃饭，到如今的衣食无忧。

从此，村村通路，上下山仅一个小时左右的车程，村民再也不用背着沉重的杉木天不亮就出发、深夜才返家了。

从此，村民也可以衣食无忧了，"人均一亩茶，户均两亩姜，村均万亩杉"的目标已经实现。每逢收获时节，土瑶人民都可以跳着欢快的长鼓舞，共庆丰收。

从此，土瑶群众走出大山，土瑶的孩子们也可以在城里上学。土瑶走出的大学生将会越来越多。

……

尽管雾锁苍山，山路弯弯，尽管寒风冷雨，坎坷崎岖，但在党委和政府的不懈努力和不断投入下，勤奋的土瑶人一定会从荆棘中走出一条康庄大道！

第一章

一条大路通我家

今夜在哪里留宿？他不知道。明天到哪个村寨？他却十分清楚。

挑担茶叶上北京

一张奖状，一位劳模，一个产业，记录了一段茶香四溢的历史。

在沙田镇政府，有一张珍藏了62年的奖状，上面印着"奖给农业社会主义建设先进单位广西壮族自治区贺县沙田人民公社"，落款处写着"周恩来"三个娟秀有力、柔中带刚的大字。这是1958年12月由时任沙田人民公社副主任的盘少明赴北京领回来的珍贵纪念品。这张奖状，与盘少明、土瑶的种茶制茶史紧密相连……

周恩来总理签发的"农业社会主义建设先进单位"奖状

　　土瑶的种茶制茶史可以追溯至明代。据记载，居住在狮峡乡的土瑶群众将茶叶制成土瑶黑茶，通过大明—六堡水上盐茶古道远销全国大江南北乃至新加坡、马来西亚等南洋一带。作为广西名茶之一，贺县土瑶黑茶一度与苍梧六堡茶、横县六堡茶并驾齐驱，在茶界共享盛誉。抗日战争前，当地茶叶最高年产量曾达50万斤。抗日战争胜利后，由于销路不畅、价格低、米价上涨等原因，当地群众不得不烧毁大部分茶林改种粮食作物，致使茶叶产量大幅下降。

　　1952年，年仅20岁的盘少明面对着"九山半水半分田"的家乡陷入了沉思：该如何带领穷困潦倒的父老乡亲们摆脱贫困？他花了一个月时间，走遍了狮峡乡的村村寨寨。当听到大冷水、小冷水的老人们眉飞色舞地讲起过去种茶的故事，他精神一振：本族有着悠久的种茶历史，何不与大家一起重现贺县土瑶黑茶的辉煌？

　　说干就干。在盘少明的带领下，当地的土瑶群众大量种植茶树，并一改过去只栽种、不施肥等粗放的耕作方式，通过实行一系列技术改革，使荒山披上了绿油油的"新装"。短短几年间，当地茶叶生产获得了巨大发展，1952年，茶叶亩产85斤，总产量仅为9万斤；四年后，茶叶亩产增至107斤，总产量增至27万斤，是原来的3倍。

　　由于茶叶生产成绩优异，1957年，时任狮峡乡党支部书记的盘少明被评为全国劳模，即将到北京参加表彰大会。消息传来，小小的狮峡乡沸腾了，但盘少明却犯了难：就要到北京去见毛主席了，该如何表达土瑶人民对党、对毛主席的感激之情呢？突然，他灵光一闪：此行去见伟大领袖，当然得带上我们最好的东西！想罢，他挑上一担茶叶就踏上了进京的路。

在北京，盘少明不仅在表彰大会上见到了毛主席，还荣幸地走进了中南海，是毛主席接见的七位代表之一。接见时，毛主席握着盘少明的手，亲切地问："你是哪里人，是干什么工作的？"当得知他是种茶劳模时，毛主席亲切地勉励他："种茶好呀，争取明年再来！"

毛主席的话，深深地刻进了盘少明的心里。1958年，已升任沙田人民公社副主任的盘少明以全国林业劳模的身份再次受到毛主席接见，并捧回了由周恩来总理亲自签署的那张"农业社会主义建设先进单位"奖状。

"桑木扁担软溜溜，挑起茶篓上北京。北京见了毛主席，主席夸茶好清心。"盘少明挑茶进京的故事成为当地佳话传颂至今。同时，土瑶群众种茶制茶的历史、党中央对土瑶群众的关爱也在瑶山深处一直传承、演绎……

2018年1月，时任中央政治局常委、国务院副总理的汪洋同志在调研报告《瑶族支系"土瑶"群众深度贫困状况亟待扭转》上作出专门批示；之后，自治区领导及自治区扶贫开发办公室等相关部门也先后深入土瑶聚居区开展实地调研。在上级党委、政府的关心和支持下，平桂区制定了《贺州市平桂区"土瑶"聚居深度贫困村脱贫攻坚规划（2018—2020）》《贺州市平桂区"土瑶"聚居深度贫困村脱贫攻坚三年行动方案》，明确了"一年初见成效，两年大见成效，三年脱贫摘帽"的目标任务，制定了"人均一亩茶，户均两亩姜，村均万亩杉"的产业发展目标，绘制了清晰的脱贫"时间表""路线图"。两年多来，平桂区累计投入资金4.03亿元，实施项目353个，有力地改善了土瑶聚居区的生产生活面貌。2019年，槽碓、明梅、金竹3个土瑶村705户4132人提前一年脱贫摘帽，土瑶聚居区贫困发生率已降至4.5%。

2020年以来，特别是习近平总书记对毛南族实现整族脱贫作出重要指示以来，土瑶群众乃至平桂广大干部群众决战决胜脱贫攻坚的热情得到了极大鼓舞。平桂区上下坚定不移地贯彻落实党中央的决策部署，积极克服新冠肺炎疫情带来的影响，集中力量啃下脱贫"硬骨头"，多措并举巩固成果，奋力夺取脱贫攻坚战全面胜利。截至2020年8月，6个土瑶村累计种植优质茶树8458亩、大肉姜6596亩、杉树12.44万亩，提前实现预定的产业发展目标。

无声的承诺

如果说，连续两次获得"全国劳模"荣誉称号的盘少明是土瑶聚居区的开拓者，那么赵金春就是土瑶人民的敲钟人，他敲醒了每一位沉睡的土瑶人，警醒他们走出去，引进来，富起来……

鹅塘镇明梅村村支书赵金春，是土瑶聚居区的第一个大学生。提及他当年的求学经历，还有一段感人的故事。

2000年5月初，时任贺州地区行政公署副专员的孙克坚不顾劳累，翻山越岭深入瑶山访贫问苦。鹅塘镇党委和镇政府领导向孙克坚介绍有关瑶山的基本情况时，将明梅村暗冲坪的土瑶青年赵金春未读完高中便辍学回明梅村当村主任的事告诉了她，这引起了孙克坚的极大关注。抵达暗冲坪后，孙克坚当即找到了赵金春，询问他想学什么。赵金春回答道："我想学种果技术，因为在我们山里，有很多适宜水果生长的土地。"孙克坚回去后，立即向时任贺州地区行政公署专员的罗黎明汇报，征得其同意后，又多次同南宁有关部门联系，咨询了解赵金春的入学事宜。

当年7月，赵金春参加了成人高考。经过了漫长的等待，9月20日，赵金春接到了广西大学资源与环境学院的录取通知书。当天，他就激动地拿着录取通知书去镇政府向领导报喜。当时年29岁的赵金春，穿着一双用绳子绑住一边鞋耳的拖鞋站在镇领导面前时，书记和镇长看着这名土瑶小伙子的装束，心里很不是滋味，当即掏钱买了一双崭新的皮鞋和一件T恤衫送给他。赵金春双手接过衣物时，有泪不轻弹的他流下了感激的泪水。

9月25日，明梅村暗冲坪的土瑶群众万分激动，奔走相告："金春兄弟上大学了，我们土瑶出了第一个大学生！"小小的瑶寨沸腾了，村民们纷纷涌到路边，眼里噙着幸福的泪花，目送他们的骄子赵金春踏上去广西大学求学的征程。

罗黎明又通过财政拨出专款3万元，解决了赵金春读大学3年所需的学费。鹅塘镇党委和镇政府也与地区行政公署一起，共同承担了赵金春读大学期间每月300元的生活费。

上学期间，赵金春除了要上课学习，还要兼顾村里的工作，这对他是一个极大的考验。为此，他夜以继日、废寝忘食地学习，比班上所有的同学都刻苦。有一次，村里有要务需要他处理，他立即打电话安排工作，但打了40多分钟的电话，问题仍未得到解决。次日，赵金春便向学校辅导员请了假，回村安排好工作后，又马不停蹄地返校继续学习。

赵金春在读大学期间，通过村委动员、开会审议，向村民集资了13万元，修好了长4.3公里的村委至明梅小学的公路。路修好的当天，赵金春将这条公路反反复复走了许多遍，从天黑走到天明，思绪良多。

他想起辛苦集资到的修路钱，被自己视若生命。他精打细算，将当天要用的钱随身携带，有时藏进腰带里，那是他亲手缝制的特制腰带；有时藏进水杯里，那只水杯他从不离手，生怕把维系乡亲们幸福的修路钱弄丢了。

他想起开路期间，他一年都没有多少时间顾家，家里收入也少，连买米的钱都没有。为此，他向村里小商店的店主赊了一年的米，才得以勉强度日。他愧对妻子和孩子。

他怎会忘记，修路期间，仅有的一台挖掘机翻车了，工人准备撂挑子不干时，他心急如焚，瘫坐在路边，想着要放弃。但想到村里的瑶族同胞，想到村民的未来，他咬着牙，将眼眶中的泪水强忍了回去。他在呼啸的山风中吼道："继续干！"

如今，当村民走在宽敞的公路上时，他们都纷纷夸赞"这是赵金春支书的功劳"。

开路之前，一位领导问赵金春："开路之后还上不上学？"

赵金春坚定地答道："上！"

领导又问："上学为了什么？"

赵金春陷入了沉思。良久，他遥望着远方，抬起右手，庄重地指了指对面那座郁郁葱葱的山。为了这无声的承诺，他将奉献自己的一生。

赵金春大学毕业后，回到明梅村担任党支部书记。鹅塘镇党委和镇政府为他提供了充分施展才华的空间，将该镇所辖的另外2个瑶族聚居的村子归到了他的麾下，他激情满怀、不知疲倦地穿梭于3个瑶族村寨。无论是在木楼厅堂中饮酒，还是在山间小路上偶遇，赵金春逢人便讲他的致富理念和种养技术：清明的云带之上种茶树，云带下面种杉树，什么地方可以种八角，什么土壤适合种凉薯，什么山地又能种鸡血藤……

赵金春对父老乡亲嘘寒问暖，谁家有困难，他总是第一个出现。天长日久，赵金春成了瑶家不可或缺的贴心人。为了乡亲们能过上好日子，他像瑶寨里闯出的一匹勇往直前的黑马，不辞劳苦地奋蹄疾驰在崎岖陡峭的山路上，他甚至顾不上啃一口干粮、喝一口泉水。今夜在哪里留宿？他不知道。明天到哪个村寨？他却十分清楚。3个瑶族村寨都有他落脚处，村民们无法说清他真正的家在什么地方。鹅塘镇党委和镇政府把3个瑶族村寨交给他特别放心：他是共产党员，他是大学生，他任劳任怨，是瑶乡人民的好儿子。瑶寨，就是他的家。

赵金春性情豪爽，说起话来像他沉稳持重且雷厉风行的工作作风。作为土瑶的后代，赵金春继承了土瑶的坚毅勇敢的传统，还多了一份勇闯江湖的豪气。十五六岁时初中没毕业，他就开始走出深山，到山外面闯荡，去打零工补贴家用，还去推销过茶叶。他将从瑶山里收来的茶叶，从鹅塘经八步坐班车去苍梧、梧州六堡茶厂联系茶叶业务，赚了一些钱又回到鹅塘、八步继续上初中。他心里始终还是想上学，想成为一个有文化、有出息的人。凭借不懈的努力，他终于考上了高中。但由于家境贫穷，父亲实在供不起他继续读书，他只好辍学回家。由于赵金春头脑灵活、踏实肯干，明梅村的村民选他做了村主任。他勤奋好学，当了村主任还一直不忘勤奋学习。大学毕业后，赵金春带着在大学学到的一身农学专业知识，又回到明梅村当村支书，并在深山大冲里一干就是十几年。如今土瑶的深度扶贫攻坚工作，让这位深山的主人有了更多的紧迫感和使命感。

　　"让瑶家早日富裕起来，是我的最大心愿。"面对我们的采访，赵金春十分沉重地说，"我们土瑶同胞生活真是太穷太苦了！撇开历史原因不说，即便是前些年，不少土瑶同胞的生活还是没有太多改善。"接着，他回忆道："土瑶村民的深度贫困，外面的人很难感受得到。生活方面的吃住先不说，很多土瑶村民除了有一两套自己的民族服装外，其余的基本上都是政府发的救济衣服，大多数土瑶村民家里所有的家当总价值不足200元。"

　　"好在政府制定了三年扶贫规划目标，我们土瑶的梦想和期盼就要实现了，这要衷心感谢我们的党和人民政府！"赵金春说，"现在瑶山交通好了，水泥路普遍通到各村寨上，这简直是翻天覆地的变化。前几年交通不便，有经济能力的土瑶村民要建自己的泥板房，得用马来拉水泥和石砖，即使是只拉到半山上，也要花三年时间才能建成，三年下来要累死三匹马！"

　　有了便利的交通条件，赵金春开始带领村民种植生姜、杉树、茶树和八角等经济作物。生姜分为大肉姜和小黄姜，小黄姜价格较大肉姜高。生姜种植一年后，土质变差，得停五年才能续种，村民一般在种过生姜的土地上改种杉树。杉树相对容易种植和护理，且用途广，经济价值较高。八角药食兼用，市场消费量逐年增加，年年可卖钱，卖得极为抢手，往往刚从树上采摘下来，便有人等在树下收购。他还和村民一起种茶树，将茶叶制作成六堡茶销往全国各地。很快，赵金春便成为村里的致富带头人。

　　村民在他的带动下，纷纷脱贫，年收入达几万元，有几户村民还买了汽车，方便将山上种的宝贝运到山外销售，彻底改变了贫穷的旧貌。

在明梅村采访完，我们前往易地扶贫安置点"老乡家园"采访时，正巧又遇上了赵金春，他正在烈日下骑着摩托车，黝黑的脸被晒得通红。见到我们，他停下车，露出热情的笑容，告诉我们，他刚走访完两户明梅村脱贫的村民。说完，他又骑上车赶回瑶寨。

当年那个幸运考上大学的土瑶青年，那个郑重许下无声的承诺的村主任，此刻，正以实际行动十几年如一日地践行着自己的承诺。

用不屈的脊梁挑起一座山

　　他叫赵木观，是贺州市平桂区鹅塘镇明梅村的村民。他出生于1982年，中等个头，偏瘦，言语极少，问一句答一句，有时笑而不答，给人质朴、忠厚的感觉。我们亲切地叫他"木观"，后来觉得不顺口，便改称为"木瓜"，他也毫不介意。他就像一个实心的木瓜，虽然沉默寡言，却给人一种踏实感。

　　赵木观读完初中后，没有继续念高中。山里穷，水田极少，但人总得吃饭。未成年的他便开始同村里人一起，在山上种生姜。生姜有收成后，赵木观便用他稚嫩的肩膀，一次挑80斤生姜下山去卖，又用卖生姜得来的钱，换来50斤米，再将米挑上山。他通常是天蒙蒙亮便出发，回到家时，已是深夜。"那时年纪小，也不觉得苦。"赵木观憨笑着说。

　　光靠种生姜也糊不了口。勤劳的赵木观还陆续种了50多亩杉树。没通水泥路之前，要想把杉木运下山，都是靠肩膀来扛的。赵木观这样形容挑杉木的场景："挑杉木先要用3根木材拼成A字形担架并扛在身上，再往担架上加上几根杉木就可以扛了。一般一次背4～6根。"

　　眼前清瘦的赵木观，让我想起作家冯骥才笔下的挑山工——无论是寒冬酷暑、刮风下雨，只要徒步登山，沿石级而上，一定会遇到这样一群人：他们每人一根扁担，两端绑满了山顶游人必需的青菜、面粉等生活用品，沿着陡峭的石级，神情坚毅，目标专一，脚踏实地，奋力向上，一步一个脚印，永不停歇地向上攀登，每天都要来回二三趟，用自己的双肩和汗水，为游人默默地奉献着。正如以前读过的一首诗中所写的："稳挑日月历沧桑，万古登山涵意长。沧海横流天欲堕，东天一柱看脊梁。"

《挑山工》一文中所提到的泰山，"海拔1540多米，足有6000多级石级"，而赵木观爬了无数次的土瑶大山，海拔最高的达1200米，且没有石级，当时只有一条宽不到1米的羊肠小道。这条小路，赵木观一走就是十余年。

后来，赵木观买了一匹马来拉杉木，因为杉木太沉，几年来陆续累死了4匹马。他不忍心再看到一匹匹马被活生生地累倒，便买了一辆28时的老式自行车，但用笨重的自行车在蜿蜒而狭窄的山路上拉杉木，既吃力，也不安全，还是很不方便。

2006年，明梅村修筑了砂石路，路面也拓宽了，赵木观当时也有了一定的积蓄，便买了一辆摩托车，用来运送杉木和生姜，省时又省力。

2017年，村里修建了水泥路，并将3.5米宽的主干道拓宽至4.5米。赵木观攒够了一辆汽车的钱，便买了一辆小型面包车，专门跑运输。他成为明梅村第一个拥有汽车的人。依靠这条路、这辆车，山里的物资能更方便地运送到鹅塘镇和贺州市区了，销路也更广了，有些甚至卖到了广东。

"现在水泥路都通到了家门口，我们土瑶群众也过上好日子了。"赵木观说。

这十几年来，赵木观牵着马、推着自行车、骑着摩托车、开着面包车，在这条路上辗转跑了无数次，虽然熟悉路况，但每次在路上仍是小心翼翼，因为一不小心就会滚出路边，而路边便是万丈悬崖。2019年，疾驰在路上的赵木观发现道路一侧装上了护栏，原本险峻的山路多了一道防护，也便多了一道安全的生命线。

接受采访前，赵木观刚开着车带领工人从山上砍伐杉树归来，采访完毕，他又要骑着摩托车去查看茶园。赵木观是主动要求到明梅村扶贫车间学习制茶技术的。他说，原来制茶还有这么多讲究，可不能再让瑶山的制茶工艺丢失了。现在，他跟着明梅茶厂老板赵金安学着制茶技术，顺便打个下手，一个月能挣3000元的工资，加上自己跑运输、种茶、种生姜、种杉树的收入，小日子过得非常滋润。

如今，赵木观已率先脱贫致富，盖起了两层楼房，和3个儿子一起住在宽敞的六室两厅里。这个因为贫穷而在学业上止步于初中的土瑶青年，在人生的答卷上考出了一个最优秀的A⁺。

《挑山工》中说："我们哪里有近道，还不和你们是一条道？你们走得快，可是你们在路上东看西看，玩玩闹闹，总停下来呗!我们跟你们不一样。不像你们那么随便，高兴怎么就怎么。一步踩不实不行，停停住住更不行。那样，两天也到不了山顶。就得一个劲儿往前走。别看我们慢，走长了就跑到你们前边去了。你看，是不是这个理？"赵木观也许没有读过《挑山工》，也讲不出什么大道理，但他用一双勤快的双手和磨出老茧的双脚，证明了只有不停歇，不心猿意马，始终向前，才能到达山顶的大山一样朴实的道理。

通路了，我们就富了

初到土瑶村时，沿途所经之路皆是山路，刚下过一场雨，道路湿漉漉的，山上的泥土被冲到路旁，感觉随时都有发生塌方的可能。更令人提心吊胆的是，有些路段不仅狭窄，还没有设防护栏，斗胆往下看，脚下是万丈深渊，而土瑶群众却要世世代代生活在这样恶劣的环境中。

沙田镇狮东村村民邓观贵说："以前回家的路就是晴天一身灰，雨天一身泥，更不要说路又弯又陡了。"2016年之前，每逢赶集，天还没亮，狮东村村民盘青兰就要出门了，与两三人结伴而行，走3个多小时的山路，她时常是肩挑扁担、手持电筒，还要哼山歌壮胆。"那时最大的愿望就是能修条好路。"盘青兰说。

盘青兰所在的大冲屯是狮东村的6个自然屯之一。狮东村地处大桂山腹地，虽然风景秀美，但偏远闭塞，交通不便。"从前的老路，十分危险，路面泥泞，布满落石，而且没有护栏，每年都有村民掉下山崖致残致亡的事故发生。"狮东村第一书记邱银建说。和邓观贵、盘青兰一样，狮东村村民共同的心愿，就是希望能有一条宽阔、平坦的水泥路通往镇上。

"交通闭塞是造成土瑶乡亲生活贫困的根源，平桂区首先要从修建土瑶山区道路抓起！"平桂区委书记赖春忠和区长朱建军深刻地意识到，决胜土瑶脱贫攻坚，修路是当务之急。为了改变大瑶山的落后面貌，让土瑶同胞的贫困生活得以改善，平桂区委、区政府和社会各界人士为土瑶群众修路建桥、兴办教育，通过抓好基础设施建设，逐步改变土瑶山区的落后面貌，助推瑶胞走向现代化、奔上富裕之路。平桂区投资了5180万元，建成了3条土瑶聚居区与外界联通的"经济通道"。

2018年，中央专项扶贫资金和地方统筹扶贫资金向狮东村投入基础设施资金966万元，实施基础设施项目12个，修路队开进了村里，狮东村村民盼望的水泥路有了希望。

"听说狮东要修路，很多村民向我主动请缨参加修路。"邱银建感慨道，"为此，村里专门去请了修路队的师傅办临时培训班。大家上手都很快。"

盘青兰和丈夫凤秋保也主动加入修路的队伍中。盘青兰说，他们夫妻二人都是党员，虽然丈夫平时寡言少语，经常外出打工，但从没忘记他身为党员的义务和责任，每次村里有事，都是冲在最前面。

春来秋往，寒暑交替，狮东人与修路队一起，干着装卸、搬运、搅拌等重体力活。"不论路通到哪个自然屯，屯里有点力气的男人都出来帮修路了。"狮东村党支部书记赵万兴自豪地说。2020年6月，狮东村6个自然屯的道路全部硬化完毕，村民盼望的水泥路终于全部通车了。

狮东村大冲屯现在的村道和村貌

狮东人没有忘记修路的初衷。"修好路只是一个开始，我们最终的目标是让群众的口袋鼓起来，只有产业发展起来，群众脱贫致富才有保障。"邱银建表示，要大力发展杉树、茶叶等特色扶贫产业，用活各种政策，加快促进农民增收、农业增效。

走进狮东村大冲瑶寨，鲜花盛开，屋舍俨然，通往寨子里的路镶嵌着漂亮的石子。盘青兰说："这些都是我们从修路剩下的石子里精心挑选出来、一点点铺下来的。"

"通路了，我们就富了。"鹅塘镇槽碓村村民赵干仔对瑶寨的道路同样有着难忘的回忆。他说，以前上学要走20多公里的山路，他很早就辍学到外地打工了。后来，村村通了水泥路，他就买了农用车回到家乡做运输生意，并带动了10户村民共同致富。"我们原来封闭的小山村现在不仅能见到车来车往，还能上网做微商、淘宝等电商。"赵干仔自豪地说。

"我们村几代人盼望已久的水泥路终于修通了，出行方便了。原来准备外出务工的，现在路通了，我就可以在家多种植杉树了！"前往鹅塘镇赶集的大明村村民赵土保高兴地说。

自脱贫攻坚工作开展以来，贺州市委组织部组建扶贫专业队轮流进村扶贫，并派出两名正科级干部深入大明村长期蹲点。市委组织部派驻的大明村第一书记林昊说："解决土瑶群众身边的'五难'问题，修路是第一要务。"于是，大明村将修通通往大明村新村委的6公里水泥路作为村里的头等大事来抓。经过3个月的奋战，大明村最后一条公路修通，这时大明村新村委水泥硬化路具有历史意义，让该村新村委片区的6个村民小组近1000名村民直接受益，实现了大明村几代人的公路梦。

路通了，一大批民生建设项目也在大明村全面铺开，18个基础设施项目全部开工，硬化了28.5公里的村道路，扩宽了14公里的进村道路，环村路、戏台、篮球场、扶贫车间、幼儿园、人饮工程也在加快建设中；同时，大力推进幸福乡村建设，整治农村环境卫生，改善村里群众的居住环境。基础设施的完善，交通的便利，大大促进了大明村杉树、生姜、油茶、茶叶、养殖等产业快速健康发展。2020年上半年，大明村村民人均纯收入超过2600元，预计全年人均纯收入可达5180元，比上一年增加收入500多元，坚定了土瑶村在2020年脱贫摘帽的信心和决心。

鹅塘镇槽碓村也在行动。槽碓村新建村屯硬化道路11条共43.8公里、生命安全防护工程9公里，修缮3座桥梁，实现了全村通路；修建人饮工程，解决了群众的安全饮水问题；建设公共服务设施，确保全村电视、电话、网络信号畅通。

在槽碓村，我们见到了村支书赵转桂。他看上去很朴实，为人谦逊，虽不苟言笑，但说话句句实在。赵转桂向我们讲述了他的"挑砖史"。

那是20世纪90年代，村里准备为孩子们修建槽碓小学，但困难重重。首先是没有砖。怎么办？自己烧！村民们在老龙冲建了一个砖窑，摸索着烧砖。起初由于经验不足，烧出的几窑砖都不合格，根本建不了房。后来，大伙儿慢慢尝试着，从失败中吸取教训，渐渐地烧出了方正、漂亮的土砖。

砖烧好了，没有车运，怎么办？自己挑！全村人轰轰烈烈地开始挑砖。那时赵转桂刚上二年级，为了能早日就近上学而不用爬十几里的山路到邻村上学，懂事的赵转桂毅然用稚嫩的肩膀，从老龙冲的土窑往村里挑砖，一次挑4块，一挑就是好几个月。每挑一趟砖，他都要步行好几公里。那时的他，每次经过村里的土坯房和树皮房时，心中都会暗想，不仅要让槽碓小学尽早建成，有一天还要将村里的房子都变成水泥砖房。

2004年，槽碓村的村民开始互助建房，村民赵水庆在冲坪仔建起了村里的第一幢水泥砖房。他每天要走15公里的山路，从山下挑水泥和钢筋上山，历经千辛万苦，终于建好了一座七八十平方米的房子。此后，村民们陆续建起了新房，村里日渐焕发出新气象，赵转桂也由衷地替村民们高兴。

2011年，槽碓村开始为村民安装电线，但线路经过一些村民的家门口，需要砍伐一些林木和竹子，有些村民不同意；有些电杆地处两个村之间，这个村不同意，那个村也不让；还有些村民家里一直用小水电，认为拉通电线后还要交电费，没有小水电实惠，因此不赞成拉电。那时的赵转桂，只是一名槽碓村的返乡青年，为了让村里早日用上电，他主动和村干部一起进到村民家里做沟通工作。他们频繁奔走于乡间，协调村与村之间、村民之间的矛盾和纠纷，做通有异议的村民的思想工作，此后村里的电线杆才得以顺利实施安装。

一根电线杆长12米，需要16个青壮年才能抬得动。村里的青壮年每天排班，他们翻山越岭，将一根根电线杆抬回村里安装。大家心往一处想，劲往一处使，没有一个人偷懒。人心齐，泰山移。槽碓村的电线从初冬开始安装，到当年的大年二十八正式通电。那一年，天气虽刺骨的冷，村民们却过了一个光明、亮堂的年。

槽碓村的村民深切感受到赵转桂是一个关心村里发展建设、热心为民办实事的好苗子，便一致推举他为村干部。几年后，赵转桂成为槽碓村的村支书，继续为槽碓村发光发热。

贺州市有一位对瑶山怀着深厚感情的老文艺队员。他说，当年进瑶山演出时，要走上一天的山路才能到达，一些女演员走着走着就哭了。如今再进瑶山，道路四通八达，到哪都可以坐汽车。便捷的交通对土瑶人走出贫困至关重要，修通了瑶山山内与山外的道路，无疑将惠及瑶族子孙后代。

赵转桂望着瑶寨蜿蜒的山道，不无感慨地说："等我们老了，坐在一起谈起在瑶寨里的往事时，三天三夜都说不完哪！"

一轮明月照瑶山

且让我们围坐在一起，大碗喝着瑶山人自酿的米酒，细细聊着土瑶群众的故事。

沙田镇狮东村有一户人家出了三名党员。听闻这个消息，我们在村民手里买了一只5斤多重的土鸡，立即赶赴狮东村的"党员之家"。因为狮东村水田极少，村民只能在山里种生姜、茶树、杉树等，待有了收成再去山下换来米粮，所以村民平日的生活很清苦，餐桌上也难觅大鱼大肉。我们每次去土瑶同胞家采访，都会顺便带些肉、菜，尽量不给村民们增添负担。

这家的男主人叫凤秋保，其父凤石荣是1967年入党的老党员，女主人盘青兰于2009年入党，凤秋保也不甘落后，于次年光荣入党。

凤秋保家收拾得很干净，墙上贴着许多张孩子们的奖状，看得出，这是一个温馨、和美的家。凤秋保说："我作为一名农民党员，也是一位普通群众，我既是脱贫攻坚的实施者、经历者，同时又是最终受益者。作为党员，我必须带头脱贫致富，还要提前脱贫致富！要想打赢这场脱贫攻坚战，全面建成小康社会，就要充分发挥党员的示范引领作用，带动群众主动投身于脱贫攻坚战场，争当致富带头人。只有自己先富了，才能更好地说服和带动群众。"

脱贫攻坚是当今我国实现全面小康的一项重要任务，是全党上下的重要工作。党员是党组织的细胞，是党的战斗力的基础。农村党员是基层党组织中一面鲜红的旗帜，是党和国家在广大农村的坚实组织力量和执政的重要基础，是联系服务群众的桥梁和纽带，是发展农村经济、推动农村社会全面进步的骨干力量。

"山上的生姜春种冬收，种植周期短、收益好，政府对我们土瑶群众种植大肉姜不仅采取奖补政策，还派来技术员指导种管技术，因此全村的乡亲们种植大肉姜的积极性都很高，而我也因此摘下了贫困的帽子。"凤秋保感激地说。

狮东村是典型的土瑶山村，山地多，耕地少。近年来，狮东村村委按照"人均一亩茶，户均两亩姜，村均万亩杉"的产业发展目标，鼓励农户尤其是贫困户大力发展生姜种植产业。2019年，全村生姜种植面积为46.7公顷，129户751人实现脱贫摘帽的目标。

凤秋保身边坐着女主人盘青兰，她自始至终面带微笑，不时颔首。采访中途，心灵手巧的盘青兰进到厨房，在我们对凤秋保的采访还未结束时，便将一只活鸡做成了一盘白切鸡和一大锅鸡汤，还端来自酿的米酒，请我们吃晚饭。我们品尝着鸡肉，边喝米酒边聊天，提到他们的女儿凤丹丹时，夫妻俩一脸的自豪。

凤丹丹是村里为数不多的大学生，考上了桂林电子科技大学，2018年7月毕业后，通过公开招考，被沙田镇政府正式录用，有编制有职位，算是捧上了"铁饭碗"。然而，2019年6月，凤丹丹却辞掉稳定的工作，去了广东。

女儿跟他们说起辞职的事时，凤秋保夫妻一开始怎么也想不通，夫妻俩像冬天里被人用山上的冰水浇了一身，心彻底凉了！平日有说有笑的家，被这个突如其来的消息惊得沉默了一个多星期。在女儿的软磨硬泡下，盘青兰夫妻俩最终还是妥协了。

极有主见的凤丹丹说，世界那么大，外面的生活多姿多彩，她想出去看看。加上现在国家对少数民族地区的政策那么好，土瑶的父老乡亲们的日子蒸蒸日上，这也减轻了凤丹丹思想上的包袱。

近年来，凤家的日子过得一天比一天好。"政府不是提倡种茶、种姜、种树吗，今年我种了2亩生姜，预计有2000斤的产量，等到价格高些时再卖。"盘青兰算了一笔账，当时生姜价格为5元/斤，年后可能涨到7元/斤左右，迟十来天上市将能多挣4000元。盘青兰还在屯里的竹编扶贫车间务工，编一个茶篓的酬劳是9元，一个月至少有2000元的收入。公公凤石荣是退休老党员，各项补贴、保险等加起来一个月也有500多元；丈夫凤秋保在镇里的工地上干活，一个月收入三四千元。谈及她的两个儿女，盘青兰的骄傲溢于言表。除了凤丹丹，她还有一个儿子在贺州高中念书，一年可享受3500元的助学补贴。2018年，盘青兰家摘掉了贫困户的帽子。

酒正酣，盘青兰和村里的两名妇女一起，穿上土瑶的民族服饰，拉上丈夫凤秋保一起，四人引吭高歌，唱起了土瑶的"敬酒歌"。虽然我们一句歌词也听不懂，却深切感受到了土瑶人民的热情，以及对如今富足生活的感激。他们举起了酒碗，向我们敬酒，虽不胜酒力，却也盛情难却，我喝下一碗醇香的农家米酒，仿佛已成了土瑶人。

那一夜，我几乎忘了采访的任务，和凤秋保家的几位土瑶同胞举杯邀月，请来深山里的明月共饮同醉，看我土瑶今非昔比……

第二章

走出大山天地宽

平桂区打出一套"短中长"组合拳，走出了一条独特的土瑶脱贫之路。

红姜带紫芽

外形疙疙瘩瘩的生姜，早已在唐代大诗人白居易的诗歌《招韬光禅师》中被如此描述："青芥除黄叶，红姜带紫芽。"

生姜看似不起眼，却是百姓餐桌上必不可少的食材配料。而在平桂区的土瑶聚居区，它是当地群众增产增收、赖以生存的重要作物。作为"人均一亩茶，户均两亩姜，村均万亩杉"产业发展目标之一的生姜，它在瑶乡群众心目中的重要性可见一斑。

近年来，平桂区结合土瑶聚居区实际的地域和气候情况，在6个土瑶聚居村发展生姜种植产业，带动当地群众脱贫致富。2019年，这6个村的生姜种植面积已达3166亩，实现了"户均两亩姜"的产业发展目标，生姜已成为当地群众增收的重要产业。

土瑶人民一般种植大肉姜和小黄姜。"我家的好日子是从种大肉姜开始的，今年3月种植，到冬天就有收成了，明年春天就会有老板来收购。平桂区对我们土瑶人种植大肉姜采取了奖补政策，还派来了技术指导员给我们做好种管技术指导，因此全村的乡亲们种植大肉姜的积极性都很高。"鹅塘镇明梅村的村民冯士才如是说。在当地政府的帮扶下，他家2020年种植大肉姜10多亩，期待着冬天获得好收成，来年春天卖个好价钱。为切实给种姜户做好服务，确保农户增产增收，平桂区以物流助力商品大流通，促进产品外销，引进农业龙头企业负责经营管理，并通过与村民合作社签订收购协议、架设"空中农贸市场"平台等方式，有效解决了土瑶聚居区农产品的销售难题。同时，还引入冷链物流技术与管理及顺丰快递等企业，通过内引外联，加速农产品配送。2019年底，平桂区引进企业投资建成冷库累计26间，形成"冷库＋大肉姜"的保值增值产业链；投资445.6万元，建成平桂区扶贫产业农产品销售中心。

2019年11月中旬，正是槽碓村的土瑶群众在收获生姜的时期。暖阳下，村民赵水仙正忙着挖生姜。他将收获的生姜挑下山，放到地窖中储存。"以前种姜是为了自家食用，很少卖。2018年，平桂区领导到村里调研时建议发展种姜产业，并引进企业，新建冷库，仅种姜一项，村集体经济收入就超过1万元，户均就能增收2万元。"赵水仙高兴地说。

我们进土瑶村采访时，已是初夏，除了当空火热的太阳，还有村民努力生产劳作的生活热情。在明梅村，贫困户赵金旺正和妻子一起忙着搬运装袋的生姜，两个人汗流浃背。他兴奋地说："这十几袋大肉姜共有700斤，按照4元/斤的收购价格，今年能有2800元的收入。平时都靠领取农村居民养老金和低保金过日子，日子过得紧巴巴的，如今这2800元可够我们一家三口维持一段时间了。"据明梅村村支书赵金春说，生姜市场好的时候，可以卖到5.5元/斤。

盘昔胜是明梅村龙船片二组的村民，家里有两个孩子上大学。他每年种植的3亩大肉姜，能有18000元收入。此外，政府还动员盘昔胜养猪，将4头猪仔免费送到他家，出栏后可收入6000元。同时，他家还获得"雨露计划"补贴，每个孩子每年获得1500元助学补贴。现在，盘昔胜家里也建起了三层小洋楼，生活过得越来越有盼头，灿烂的笑容也在他脸上舒展开来。

肉姜从年初下种，初冬便可收获，从时间上来说，当地村干部都笑称这是村民脱贫的"短期"路子。短路子来钱快，但不稳定，怎么办呢？为了让每位村民每年能有稳定收入，当地政府还瞄准了茶树种植、产业扶持等方面，助力村民增收脱贫。

2020年，明梅村种植生姜的面积达530亩，农户覆盖率达80%以上。

生姜是辣的，但在土瑶人民心中，它是甜的。

吾心安处是瑶乡

明梅村有两个名人，一个是村支书赵金春，另一个是赵金安。赵金安是一位传奇人物。他除了是明梅茶厂厂长、土瑶手工黑茶制作工艺传承人、"土之瑶"茶叶品牌的创始人，还是贺州市瑶医瑶药非物质文化继承人，是闻名瑶寨的瑶医。面对采访本和录音笔，赵金安像一片深海，沉稳而内敛。他边泡茶边回答我的提问，期间还要接电话。忙碌，是他的常态。

赵金安家住鹅塘镇明梅村，全家6口人。8年前，赵金安同妻子凤客仙在家中加工制作当地特有的土瑶茶，产品最远销售到广东，慢慢的收入高了一些。近年来，赵金安家里建起了两层洋楼，家中现代化的家电应有尽有，还买了汽车，从前祖祖辈辈住土坯房、木板房，喝玉米粥、木薯粥的贫困日子一去不复返。"以前我们家一个星期才能吃上一顿米饭。"赵金安回忆道，"小时候，父母亲每隔一段时间就会挑着家里生产的农副产品，翻山越岭步行10多公里到鹅塘镇上去卖，然后才换回油、盐和大米，这一个来回需要两天时间。其中的艰险，外界很难想象和体会得到。"

随着平桂区大力发展村集体经济，推动土瑶茶产业发展，赵金安越发按捺不住心中的激动，多年的梦想近在咫尺，他立誓一定要让大瑶山的村民们尽早脱贫！

听说村委办了扶贫车间，赵金安知道他该怎么做了。他义不容辞地承担起"先富帮后富"的责任。他以一年5000元的租金将这两个车间承包下来，加上自己购买的制茶设备，前后投入了11万元，这是赵金安的全部积蓄。对于丈夫破釜沉舟的做法，妻子凤客仙非常支持。凤客仙说，赵金安的爱好就是研究制茶工艺。经过几个月的充分准备，2019年3月，车间开始正常投产运营。

5月的瑶山，天气已经有些闷热，此时的赵金安已经在车间里忙开了。每天上午9点多，41岁的赵金安都会骑着摩托车去到离家1公里远的茶厂上班。赵金安在明梅村雇了4个工人，专门加工制作大桂山特有的古树茶和老树茶，他现在年收入超过10万元。在山高林密、交通闭塞的土瑶聚居区，这样的收入远超以前一个普通人家10多年的收入。

和赵金安一样忙起来的还有村里的乡亲们。眼看着赵金安的车间形成了规模，村民们觉得茶叶不愁卖了，于是大家种茶的积极性更高了，明梅村的茶林又壮大起来了。因为瑶山离镇上远，路不好走，留守的老人喜欢把采好的茶叶就近卖给赵金安。一回生二回熟，大家便知道赵金安是明梅村里专门做茶叶生意的老板。

按照以前的做法，以家庭作坊为主，制茶要人工炒、人工揉，产量很低，也不易保存，因此村民送来的茶叶赵金安也不能照单全收。每次看到被退货的老人们失望离去的背影，赵金安心里非常不是滋味，他觉得自己愧对瑶山的乡亲们。2019年，他借助平桂区大力发展扶贫车间的政策优势，成立了贺州市桂瑶香茶叶种植专业合作社，集黑茶种植、加工、销售为一体，打造"土之瑶"黑茶品牌。合作社发展带动了周边60多户土瑶群众发展土瑶茶产业，每年可带来50多万元的经济收入。

土瑶村民在采摘新茶

有的村民种茶采茶卖给赵金安，还有的村民到扶贫车间学技术，村民赵木观就是其中之一。赵木观跟着赵金安学制茶技术，顺道打个下手，一个月能有3000元的工资。他边制茶边说，原来制茶还有这么多讲究，可不能让瑶山的制茶工艺失传了。

我们一行人在茶室品完香茶，赵金安又引领我们参观了他的茶叶加工车间。车间内有烘干机、揉捻机、杀青机等设备，一应俱全。"将采摘的嫩芽经过杀青、揉捻、沤堆、复揉、烘干，最后用竹篓装紧并压放到火塘上熏干，制作好一批茶叶需要3天时间。"赵金安说，"经过长年淳化的土瑶黑茶外形条索紧结，色泽黑褐油润，耐冲泡，间有金花，汤色红浓，香气陈纯，滋味甘醇浓厚，深受国内茶客的喜爱。以后，争取把我们的茶卖到海外去！"

说话间隙，有茶客前来买了几斤黑茶。赵金安返回后，笑着调侃自己："做茶忙到连吃饭的时间都没有，跟10年前加工茶籽油一样！唉，天生的劳碌命。"

受新冠肺炎疫情的影响，很多原本打算外出务工的土瑶群众暂时留在了家中。当时正是茶叶采摘和制作的黄金时期，他们闲不住，便纷纷到茶山茶园采摘茶叶，送往合作社加工。

"按照新鲜茶叶每斤8元收购，成年人一天能采摘20斤左右，小孩都能采摘8～9斤，成年人一天下来有160元，收入并不比外出打工差，贫困户在家也有收入，能将疫情带来的损失降到最低。"明梅村村委主任冯木林说。我们采访时，正是村里的集体茶园采摘的季节，村委正组织贫困户上山采摘，每天大约有四五百斤的新鲜茶叶送往合作社扶贫车间加工，赵金安和他的4个小伙伴们只好连夜加工制作，有时候忙得连吃饭、睡觉都顾不上。

一业兴带来多业旺。如今，借助该合作社，赵金安不仅每年有了10多万元的收入，还带动周边60多户土瑶群众发展土瑶茶产业、10多个贫困户加工竹编茶篓。2019年，竹编手艺又快又好的明梅村村民冯社娇已经增收2万余元，走上了致富之路。

2019年9月20-22日，第七届中国公益慈善项目交流展示会在深圳举办。这是国内唯一的国家级、综合性、国际化的慈善行业盛会，已成为展现我国慈善发展成果、催生现代慈善理念、推动慈善事业创新、促进慈善资源对接的重要平台。赵金安代表明梅茶厂参展，来自全国各地的参展商和粤港澳大湾区的市民在参观了贺州市展位的土瑶茶产品后纷纷点赞。竹篓茶、烟熏茶、长寿竹筒茶、瑶绣粽子茶等，各式各样的土瑶茶产品，让人目不暇接。深圳市副市长黄敏一行来到贺州市展位，在详细了解了土瑶茶产品生产工艺、产业发展情况后，黄敏说："贺州是世界长寿之乡，长寿文化积淀深厚，土瑶茶产品有瑶族地域特色。"他建议，要突出土瑶茶的烟熏特质，进一步在宣传、推广上下功夫，打响"土瑶茶"品牌。贺州、深圳两地民政部门携手助力脱贫攻坚，让土瑶茶走出深山，有助于土瑶茶形成产销一体化，从而带动当地竹篓编织、茶叶包装等下游产业的发展。

此次公益慈善项目交流展示会令赵金安眼界大开，收获颇丰。赵金安说："我们土瑶聚居深度贫困地区还有一部分贫困人口，土瑶茶还存在认知度低、销路不畅等问题，土瑶茶产业要做大做强，离不开整个社会的支持和帮助。"

一杯香茗品完，余韵仍留心间。一杯看似普通的黑茶，饱含着多少土瑶人民的汗水与期盼、希望与深情。不久的将来，在勤劳的土瑶人民的共同努力下，瑶乡的茶一定会走向全国，飘香世界。

树树皆秋色

记得儿时猜过一个谜语：先生从前住西楼。打一字。

聪明的你一定猜到了，没错，谜底就是"杉"。杉树是常绿乔木，喜欢温暖湿润的生长环境，因其质地柔软，具有特殊的香气，故不会被白蚁破坏，且耐潮湿，广泛用于建筑、桥梁、船舶、家具等。中国的建材有四分之一是杉木，可见其需求量之大。杉树的树皮和树根皆能入药，具有祛风止痛、散瘀止血的功效。因此，杉树也被称为"万能之木"。

采访期间，漫山遍野随处可见土瑶群众的宝贝——杉树。一株株青翠、笔直的杉树，如同一个个雄伟的士兵，坚定地守卫着瑶山人民。土瑶聚居区地处大桂山山脉深处，森林资源丰富，山场是土瑶人民赖以生存之地。近几年来，村村通了路，盘旋的山路，满眼苍绿，清新的山风扑面而来，宛如置身仙境。此情此景，令人赏心悦目，这一改我印象中山区道路险峻、土地贫瘠、人民贫穷的印象。

"我们村几代人盼望已久的水泥路终于修通了，出行方便了，原来准备外出务工的，这下路通了，我就可以在家多种植杉树了！"正准备骑摩托车前往鹅塘镇赶集的大明村村民赵土保高声说，言语里透着掩饰不住的喜悦。

平桂区委、区政府结合土瑶聚居区的实际，创新实施"人均一亩茶，户均两亩姜，村均万亩杉"的产业发展目标，大力推进精准帮扶，土瑶村提前实现了"人均一亩茶，户均两亩姜，村均万亩杉"的产业发展目标。

"如今，我们依靠在山上自种的楠竹编织茶篓和水果篮等，增加了经济收入，同时护理好自种的大肉姜，年收入有3万多元。我家还种了几十亩杉树，那是孩子上学和我们养老的'存钱罐'。现在我对生活充满信心！"明梅村暗冲坪土瑶同胞赵金清如是说。

产业是脱贫的支撑，更是振兴的基础。平桂区根据《贺州市支持平桂区"土瑶"聚居深度贫困村脱贫攻坚三年行动实施方案》的要求，立足资源禀赋，依托重大战略，聚焦重点产业，狠抓关键环节，在特色优势上做足文章。

绿水青山就是金山银山。杉树就是土瑶人绿水青山上的金银财宝。明梅村有一个传奇人物，村民都叫他"大水牛"，据说是村里的首富。此次因为他父亲生病，我们未能采访到他，甚为遗憾。据村民说，"大水牛"获取的第一桶金，是在2013年冰冻灾害期间，大雪压断了山上的许多杉树，头脑灵活的"大水牛"看到了其中的商机，贷款买了一辆货车专门跑运输，替村民运杉木。

勤劳善良的土瑶群众，在山上种下了一片片郁郁葱葱的杉树，最多的一户种了几百亩。5年后，10年后，15年后，土瑶人民将收获一棵棵"摇钱树"。

贺州市委、市政府和平桂区委、区政府紧紧围绕土瑶聚居深度贫困地区脱贫攻坚工作重点，对几个土瑶村多次开展专题调研，针对土瑶聚居区的气候和土壤情况，根据平桂区制定出台的大肉姜、茶叶、杉树、特色养殖等一系列产业扶持政策，在脱贫攻坚这根"硬骨头"上，平桂区用活产业"短中长"发展的特点，走出了一条独特的土瑶脱贫路子。

沙田镇狮东村大冲屯的凤求姑家就是一个鲜活的例子。

在脱贫攻坚战中，结合狮东村地域和气候状况，当地政府鼓励村民种植大肉姜，发展短期产业。凤求姑家种有两三亩大肉姜，3月种下去，到冬天就要拔出来，先存起来，等到来年春天就有老板来收购。大肉姜的种植虽然来年才有收入，但政府对贫困户种植大肉姜有产业奖补，也有技术指导，因此大家都喜欢种。凤求姑说："现在技术好，产量自然会比以前高很多倍。"

每天一大早，凤求姑将火塘的木柴烧旺，烟火升腾。阳光照进房屋，墙上的茶篓被染成了棕红色。大冲屯家家户户的厨房都有一个火塘，为了长时间保存食物，村民将食物，包括茶叶在内置于火塘周围，用烟来熏。这是土瑶传统的养茶方式，时间长了，茶叶会产生一种独特的香味。如今，这种少见的茶叶产品深受市场欢迎。

凤求姑将茶篓取下，轻轻扫去上边的烟尘。她家火塘周边堆满了茶篓。这批茶叶有290多件，是茶厂按每件30元的价格委托她家养护的。凤求姑每天的工作就是生火熏茶，打扫灰尘。种茶、采茶、养茶，光是这一条产业链，一年的收入就有2万元左右。这是一条可持续发展的中期产业。

吃过早饭，凤求姑到寨里的竹编扶贫车间上班。两年前，狮东村建起茶厂发展茶产业，并于2019年6月在大冲屯建成了这个扶贫车间，主要为茶厂生产竹制包装篓。

车间是一间敞开式的木瓦结构建筑，村民分成两组，一组人破竹篾，另一组人负责编织。"每个包装篓收购价9元，手工费7元，我现在每天可以编织15个左右。"凤求姑说。

凤求姑同许多土瑶群众一样，家里还种了近百亩杉树，这一产业虽然短期见不到收益，但是多年之后的收益十分可观。据平桂区扶贫开发办公室副主任陈树介绍，6个土瑶村已经实现了"村均万亩杉"的目标，"杉树一般要种10～15年，前3年主要除草、施肥，以后不用去管护。种杉树就等于是存下一大笔绿色银行存款，12～15年之后，每亩基本有15000～20000元的产业价值。有十来亩的话，就有十几二十万元了。"

2018年，在6个土瑶村中，有185户贫困户脱贫；2019年，有506户贫困户脱贫；2020年，将全面脱贫摘帽。贺州市脱贫攻坚中最难啃的"硬骨头"实现了资源变现，正逐步摘下贫困的帽子。

贺州市平桂区委书记赖春忠说："经过一年复一年的努力，我们已经实现了'一年初见成效，两年大见成效'的目标，今年'人均一亩茶，户均两亩姜，村均万亩杉'已经完全实现了，因此2020年脱贫摘帽，我们很有信心。"

人生不交白卷

茭白是我国特产的蔬菜，是江南三大名菜之一。诗仙李白曾有"跪进雕胡饭，月光明素盘"的诗句。所谓"雕胡"，又名菰米或茭白，其形如蒲苇，野生，多长于陂泽河边，南北方皆有生长，为"六谷"（稻、黍、稷、粱、麦、菰）之一。《西京杂记》说："菰之有米者，长安人谓之雕胡。"宋玉《讽赋》云："主人之女……为臣炊雕胡之饭，烹露葵之羹。"在唐代，雕胡饭是招待上宾的食物，据说用菰米煮饭，香味扑鼻且又软又糯。唐代许多诗人都钟情于它，如杜甫的"滑忆雕胡饭，香闻锦带羹"，王维的"郧国稻苗秀，楚人菰米肥"等。

这样一道有历史、有文化的名菜，在沙田镇新民村得以传承。在新民村茭白种植基地，我们见到了新民村村民冯土养，他正在田里操作"铁牛"进行松土。冯土养说，受新冠肺炎疫情影响，今年茭白种植时间延迟，现在采用机械化设备来抢茭白种植进度，仅用三天时间就完成了10亩茭白的栽种工作。"但愿今年又是一个丰收年。"冯土养望着不远处的大山，满怀希望地憧憬着。

冯土养今年53岁，2015年纳入建档立卡贫困户，其致贫原因是妻子郑妹元身体有疾，干不了重活，大儿子患有间歇性精神病，次子和女儿分别在中职和大学就读。在纳入建档立卡贫困户之前，全家人仅靠冯土养一人在村里打散工和种7亩田地维持生计，因此，冯家家徒四壁，吃了上顿愁下顿。

2016年，结对帮扶责任人、时任平桂高级中学副校长刘剑到他家走访，了解到仅有小学文化的冯土养有创业致富的想法，却一直苦于没有致富的出路后，刘剑与新民村第一书记、驻村工作队及村委干部一起，针对他家的实际情况，反复研讨帮扶措施，最终确立了种植茭白的方案，并从思想上鼓励其树立脱贫致富的信心。冯土养也铆足了劲，准备大干一场。

茭白为多年生挺水型水生草本植物，新民村海拔400多米，气候潮湿，山冲水甘甜清凉，且农田多为沼泽田，这样的气候和土壤非常适宜茭白生长。2017年，该村凭借高寒的地理位置和优质的水资源成功发展茭白种植产业，第一年就获得显著的经济效益。为鼓励更多的贫困户参与，平桂区出台扶持政策，贫困户每种植1亩茭白可获得扶持补助资金500元，仅2018年，就有33户贫困户参与了茭白种植，全村种植茭白面积多达480亩，每亩产值在5000元以上。截至2020年10月，该村的茭白种植面积已发展至900多亩。

如今，发展茭白种植已成为新民村贫困户持续增收的渠道之一。

不甘心戴一辈子"贫困帽"的冯土养，2017年在村里承包流转土地10亩，用于发展茭白产业，向脱贫致富迈出了第一步。

2017年，对冯土养来说是特别的一年，也是他的家庭生活发生翻天覆地的变化的一年。村民在谈起冯土养的时候，都纷纷竖起大拇指夸赞道："冯土养是很勤劳的人，帮扶起来，越帮越带劲！"为了更好地掌握茭白种植技术，冯土养积极参加平桂区农业部门举办的茭白种植技术培训班。同时，他还专门到书店购买专业图书自学，并请教新民村第一书记韦连军，全力提高种植技术。功夫不负有心人，经过一年的努力和精心管理，冯土养辛勤的付出终于换来了令人欣喜的回报，仅种植茭白一项，就为他家增收3万多元，这相当于他家以前3年多的总收入。

在脱贫攻坚工作开展的一年多时间里，也是茭白种植收成颇好的时候。受益于茭白种植，冯土养积极响应国家"争先脱贫、勤劳脱贫、积极脱贫"的号召，于2017年8月主动向沙田镇人民政府、村"两委"及帮扶人申请脱贫摘帽。经过民主评议和驻村工作队及镇政府脱贫核验组的入户核实后，平桂区人民政府向冯土养颁发了"脱贫光荣证"。冯土养通过自己勤劳的双手，努力提高了家庭收入，从以前的年收入不足万元提高到了现在的3万多元，不仅不用再为孩子们上学四处筹钱，还还清了欠债，且小有结余。

"感谢党和政府，感谢村干部和帮扶人！扶贫政策终于让我再一次看到了脱贫致富的希望，要是没有国家的好政策，我这个穷了几代的家还要在贫困线上挣扎。"生活日益富足的冯土养，脸上洋溢着幸福的笑容。

2019年，冯土养一家五口还享受了产业奖补5000元、C类低保金4644元、教育补贴3000元、新农合财政补助1100元、农业补贴826元、社会保障补贴650元等一系列扶贫政策，家庭人均纯收入达8743元，进一步巩固了脱贫成效。

吃水不忘挖井人。"在党的好政策的帮助下，我实现了脱贫并巩固脱贫成效，我没有交白卷。今后，我要带好头，带领其他贫困户一起努力，共同脱贫致富。"冯土养说。说到做到，朴实的冯土养经常深入村里未脱贫的贫困户家，无私地分享脱贫经验，授人以渔。通过讲心得、传经验、论方法、谈技术等，他全力帮扶其他贫困户发展茭白种植产业，使全村贫困户受到鼓舞和激励，增强了争取早日脱贫致富的信心和决心。在冯土养的示范引领下，全村有40多户贫困户主动申请脱贫摘帽。冯土养也成了致富路上的带头人。

同村的赵龙进、冯亚迟、冯亚养等贫困户，深受冯土养种植茭白脱贫致富的鼓舞，积极向冯土养请教茭白种植经验，冯土养总是耐心、细致地为他们讲解、示范。冯土养已陆续帮助100多户贫困户通过"种植＋打散工"的方式实现增收，并有部分村民掌握茭白种植技能后成为致富带头人。2019年，新民村茭白种植面积由2017年的100亩发展至600多亩，共有62户村民参与茭白种植，其中包括贫困户39户；村民人均收入8600元，村集体收入11.79万元；脱贫出列99户581人，贫困发生率降至9.39%。

"新民片区的11名党员全部带头种植茭白，带动28户贫困户种植或前来务工，今年5户未脱贫户除了外出务工和残障人士，有3户也种起来了。"行走在新民村的茭白田边，村支书赵进文边走边介绍道，"比如未脱贫户邓里标，在平桂区人大党支部和新民村党支部的帮助下，今年开始种植茭白，一种就是10亩，按每亩2000～3000斤产量、每斤批发价3元来测算，老邓家脱贫完全没问题。"

为了保证脱贫实效及今后的乡村振兴，平桂区还为新民村送来了一个助力土瑶决战决胜脱贫攻坚和推动乡村振兴的"大礼包"：平桂区委、区政府把新民村作为平桂区打造粤港澳大湾区"菜篮子"产业的茭白生产基地，投资100多万元在新民村兴建了一个集冷库和加工于一体的农产品加工厂，为新民村的茭白、竹笋、生姜、八角等农产品的加工增值、保鲜畅销提供坚实的保障。"我们两个党支部商量好了，要把这个加工厂的建设和运营作为2020年开展基层党组织'提质聚力攻坚年'的主战场，助推全村产业发展、村民致富，让党建引领绿色脱贫之路走得更稳、更远，以乡亲们看得见、摸得着的党建成效，为新民村顺利脱贫摘帽提供有力的组织保障。"对于2020年如何抓党建决战决胜脱贫攻坚，赵进文信心十足。

村民冯亚迟今年已经55岁了，他家种了3亩多的茭白，2019年经济收益超过1万元。"村里面还专门请了专家来给我们做技术培训，帮助销售农产品，同时种植茭白还有产业补助，这么好的政策，我们家打算继续扩大种植。"冯亚迟直夸茭白种植是脱贫的好产业。

"冯土养不等不靠，奋发图强，凭自己的双手脱贫致富，也为村里的贫困户树立了很好的榜样，相信有他这样的致富带头人的引领，我们村'一年初见成效，两年大见成效，三年脱贫摘帽'的目标一定会实现。"新民村第一书记韦连军说。

2018年3月，来自广西壮族自治区地质矿产勘查开发局的韦连军成了新民村的第一书记，他与扶贫工作队、村"两委"为新民村量身定制全村的产业发展模式。

"新民村要发展，关键是要有长久性的支柱产业。"韦连军说。茭白种植是新民村的重点扶贫产业，被誉为村里的"聚宝盆"。新民村村委办公楼前就是茭白种植基地，田里连片的茭白已长出了绿油油的嫩苗，长势良好。

2020年，新民村已上报各项基础设施项目26项。新民村即将建设一个2000平方米的农产品加工车间，车间将配有200平方米的冷库。在我们采访时，项目已经立项。建成后，这里将是集产品采购、初加工、对外打包、产品存储于一体的产业发展中心。

近两年，新民村还举办了两届"马窝土瑶文化节"，吸引了上千名游客前来观赏，瑶族群众与外界沟通和交流的机会多了，思想观念变得积极了，越来越多的群众从"要我脱贫"转变为"我要脱贫"。新民村村委会主任冯海兰认为，瑶山大有希望了。驻村扶贫工作队员说："看到村里拉通生活电网了、出行方便了、房子高了、腰包鼓了、笑容多了，我们再苦再累都值得。"

新民村层林叠翠，风光秀美。也许会有那么一天，新民村的村民不再只是为了温饱而劳碌奔忙，而是在房前屋后的绿荫下，听着潺潺流水，品着香脆的茭白，于山水间，做一个优哉游哉的快活神仙！

丰年留客足鸡豚

2015年，鹅塘镇大明村贫困发生率超过86%。31岁的村民赵桂花是一名党员，也是一位贫困户，长期以来，受限于村里落后的生产和生活条件，贫穷的状况迟迟得不到改观。

在一次宣讲扶贫政策时，赴鹅塘镇大明村开展扶贫工作的民警万扬说："做工吃饭，就怕偷懒。今天除宣传政策和法律知识外，还有农业专家给大家传授科学种养知识。生态绿色家禽在城里卖得很好，赚的钱是你们平时打山工的几十倍，到那时天天有饭吃、顿顿有酒喝。你们算一算，哪个更划算？"

万扬的一番大实话，大大激发了村民们脱贫的信心。场下的赵桂花听得十分认真，他意识到，机会就在眼前，此时不行动，更待何时？！一散会，他立即向宣讲现场的专家虚心请教，让专家帮他支招，如何才能快速地拔"穷根"。听了专家的耐心分析和建议，他频频点头。

说干就干。在发展林下经济的政策帮扶下，赵桂花闯出了一条产业扶贫的新路子——养贵妃鸡。贵妃鸡名副其实，不仅肉质好，产蛋量高，而且食性广，饲料转化率高，生长快，90日龄即可上市，重量在2斤左右。除了贵妃鸡，赵桂花还养殖了高蛋白、低脂肪的珍珠鸡，以及生绿壳蛋的五黑鸡。他的鸡宝宝们通常在9个月时间内可长至2~3斤。今年他养了300多只鸡，公鸡可卖35元一斤，母鸡40元一斤。"今年鸡的长势不错，受疫情的影响不大。"赵桂花说。

赵桂花不仅自己养殖了几百只鸡，还带动了村里80多户人一起养鸡，其中仅贵妃鸡就养殖了5000多只。

"桂花，再来3只大公鸡，麻烦你处理好，一会我要带下山……"上午，在大明村村委，第一书记林昊还没进门就喊道。

"晓得了！"赵桂花话音刚落，转身就钻进离村委不远的自家鸡棚抓鸡。没等他杀好鸡，林昊已将购鸡款放在他家的桌上，他不肯收，但哪里"犟"得过林昊。

2019年初，林昊的后盾单位——贺州市委组织部给贫困户赵桂花送来了80只扶贫鸡苗。有了鸡苗作保障，当年赵桂花就一边养鸡，一边种茶树和生姜，不久便成功脱贫。

赵桂花还说，他还准备继续扩大鸡的养殖规模，并使用孵化机来孵蛋。说话间，门口经过一只母鸡，后面跟着几只小鸡，悠闲地觅食。赵桂花看着这一幕，脸上绽放出开心的笑容。

同村的赵桂连也是31岁，我们去采访他时，赵桂连正在猪舍里忙碌着——清扫猪舍、喂食，忙得不亦乐乎。赵桂连说，眼看儿时一起长大的小伙伴赵桂花脱贫了，他也不甘落后，人家养鸡，他可以养猪啊。在驻村工作队和帮扶责任人的帮助下，在一头猪可以补贴750元的扶贫政策的大力支持下（一家最多补贴5头），赵桂连先后购进了五六十头猪仔。他还起早贪黑地学技术、学防疫、搞卫生、忙消毒、喂饲料等，很快掌握了科学养猪的方法。虽然劳累，却也乐此不疲。付出自有回报。当年，赵桂连养的猪全部出栏，更令他欣喜的是，他养的2头母猪全年生下了40多头猪仔。靠猪生猪，以钱生钱，致富，不再是梦想！

脱贫后的赵桂连并不满足于现状，他打算进一步扩大养殖规模，并希望通过自己的努力，带动更多的贫困群众脱贫致富。

赵桂连说："扶贫政策这么好，还有这么多人帮我，今后我自己会更加努力，争取早日奔小康，让一家人的日子过得更好！"

赵桂花和赵桂连两个青年人并没有抛下家中的老人、妻子和孩子独自外出打工，而是选择在家创业，依靠一双勤劳的手，迅速脱贫致富。他们不仅责无旁贷地陪伴家人，还为家人创造了幸福、美好的生活。在这两个自信而有责任心的准"90后"青年人身上，我仿佛看到了土瑶人民未来的希望。

一双神奇的手

"编，编，编花篮，编个花篮上南山……"一想到竹编，脑海中立即闪现出这首耳熟能详的老歌。在深度贫困的平桂区土瑶聚居区，土瑶人民编织的可不是漂亮的花篮，而是极具实用价值的茶篓。

土瑶的竹编传承了民族特色文化，竹编所需的原料是从大山上砍来的楠竹。人们将其削成竹篾，再编成各种各样的竹器，用于盛放衣物、谷子、茶叶、食物等生活用品，这些竹器精美的外观，令人赞叹。但随着时代的变迁，竹编器物逐渐淡出了人们的生活视线，成为博物馆里的陈列品。自2018年起，广西加大力度推进土瑶聚居深度贫困地区脱贫攻坚工作。针对大冲屯丰富的竹林资源及竹编传统，平桂区以促进土瑶竹编技艺的传承与增加经济收入、助力脱贫攻坚工作为目的，引进贺州市天洲茶业有限公司，在沙田镇狮东村大冲屯建设"公司＋合作社＋贫困户"产业发展模式的扶贫车间，引导贫困群众开发茶叶篮、水果篮等适合市场需求的产品，通过订单式销售，解决好销路问题，把竹制品做成了一个覆盖面较大的扶贫产业。

曾经一穷二白的土瑶村，如今变成了产业扶贫村，这一变化离不开"周老黑"的努力。"周老黑"原名周华锋，今年44岁，是贺州市天洲茶业有限公司总经理。在他的带领下，企业曾荣获"贺州市创新创业一等奖""盘王节优秀组织奖"，"广西食品行业成长企业"称号等10多项荣誉，其产品荣获5项外观专利、1项实用型专利及1项发明创造奖。自2016年在沙田镇投资办厂以来，"周老黑"始终不忘初心，帮助贫困群众发展产业，倾注全部热情和心血为土瑶聚居区脱贫攻坚做贡献，因此被一些贫困户、村干部和扶贫干部亲切地称为"编外扶贫主任"。

"周老黑"的"让群众在家门口就业，赚取真金白银，才是最好的扶贫"的想法，同平桂区扶贫开发办公室、沙田镇党委和政府、狮东村"两委"的意见不谋而合。达成一致意见后，"周老黑"当即决定在大冲屯建立土瑶竹编（茶叶包装）扶贫车间，构建起集茶树种植、茶叶采摘、茶叶加工、茶叶包装及培训、养茶、竹编加工于一体的茶叶全产业链。

说干就干。2018年6月，大冲竹编扶贫车间建成，并创新实施"寄茶于民"助农增收项目。

干就干好。经过半年的努力，土瑶产业发展已初见成效。仅竹编扶贫车间一项，2019年就为村民增收27万元、村集体创收1.8万元，直接受益贫困户82户。

竹编产业刚起步的时候，也遇到过不少波折。村民们用土办法编织出来的竹篓，与市场需求不符，次品率一直降不下来，虽然企业照付了编织费用，但乡亲们不想得过且过。狮东村原第一书记王鹰鹏说："遇到次品，就用马克笔在次品上面打个大红叉。茶叶公司也派技术人员过来，当场演示给他们看，又让比较熟练的村民向大家传授经验，不久就把这个问题彻底解决了，村民们编织的竹篓也越来越精致了。"

在脱贫致富的道路上，实实在在的、与市场接轨的手艺才是土瑶人受用一辈子的"致富经"。如今，狮东村的凤求姑和她的姐妹们都是熟练工，随着手艺越来越好，速度越来越快，她们的收入也是水涨船高。当问到每天能编织多少个茶篓和收入情况时，凤求姑告诉我们："一天可以编织五六个吧，去年我编织的茶篓卖了7000元左右，可以补贴一些家用。"

2018年6月，土瑶竹编培训班开班，吸引了众多贫困户前来学习。狮东村盘土连的父亲盘元青也加入了培训班。进入培训班的第一天，盘元青就学会了编织小竹筐。"刚上手速度慢一些，编一个小竹筐需要花两个小时左右，一个能卖3元。"盘元青说。

"编织的小竹筐将会由制茶企业统一收购用于包装茶叶。"王鹰鹏说，"不出村就能增加收入，村民对此热情高涨。"用来包装土瑶茶叶的竹篓也很有特色，小巧、精致，喝完茶叶以后还可以继续用来装东西。

在狮东村竹编扶贫车间，我见到了一位正在用机器劈竹篾的老人，劈竹篾时抽篾的速度极快，需要精神高度集中，一不小心就会割伤手。我不敢打扰专心劈篾的老人，便悄悄地离开了。

平桂区已在3个土瑶村引进竹编加工车间，组织培训竹编加工贫困人口1600多人次。在加大狮东村大冲竹编扶贫车间日常生产工作力度的同时，平桂区继续推动、带动明梅、金竹、新民等村的贫困户加入竹编加工队伍中，帮助他们尽快实现脱贫致富。

土瑶妇女编织竹篓

　　鹅塘镇明梅村暗冲坪的土瑶人赵金旺、赵元兰都是受益者。赵元兰与家人一起编织茶篓，只见几根竹条在她们双手间游走，用灵巧的双手编织出一只只精致的茶篓。提起当年的穷日子，赵金旺心生感慨："当初，日子看不到头，一日三餐有两餐是稀粥，用匙子盛上熟盐，蘸着芋头吃粗粮过日子，野菜是我的家常菜。如今，托了党和政府的扶贫政策的福，我们土瑶人的生活越过越好了！"

　　"如今，我们依靠在山上自种的楠竹编织茶篓和水果篮等，增加了经济收入，同时护理好自种的大肉姜，年收入有3万多元。我家还种了几十亩杉树，那是孩子上学和我们养老的'存钱罐'。现在我对生活充满信心！"明梅村暗冲坪的土瑶同胞赵金清如是说。

　　赵金清的妻子冯社娇，已年逾68岁，她一边编织茶篓一边高兴地告诉我们："我年纪大了，还要照顾一个小孙女，不能外出打工，现在好了，参加平桂区人民政府组织的竹篾编织培训班学习，增长了我的见识，提高了我的手艺。依靠山上的楠竹，编织茶叶篮、水果篮等，我们在家门口都可以赚钱了，小孙女要什么我都可以给她买！现在经常有村里的生手来我家讨教，我很乐意教，大家一起学习，一起编竹艺，开心得不得了！"

冯社娇等人编织的茶篓以每只50元的价格，销售给平桂区的土瑶黑茶加工厂、六堡茶加工扶贫车间和新民马窝高山茶加工厂等企业。

我注意到冯社娇老人的双手，枯瘦的手布满老茧，几道伤痕清晰可见。这是岁月与贫穷的烙印。她从40多岁开始编织，独自一人劈篾、编织，从前没有劈篾机器时，她便用锋利的刀，一片片地劈。我紧紧地握着老人的手，百感交集。

离开明梅村时，见到路边的山坡上有一只半新的背篓，想必是像冯社娇、凤求姑一样勤劳的人所编织的。背篓里放着一把柴刀，但附近却没有看到人。背篓不是值钱的物品，却是瑶家生产生活不可或缺的随身工具，是他们眼中的重要物品。据土瑶人说，小时候背多了，背重了，后腰的地方会脱一层皮。瑶寨的人们依旧辛劳，但在不久的将来，土瑶人民依靠自己那双勤劳的手，一定会迎来繁花似锦的明天。

一针一线绣明天

在贺州瑶山，有一首古老的歌谣传唱至今："盘古造天又造地，先造男人后造女。男人耕种播五谷，女人纺织绣锦衣。"据歌词推测，瑶族在很久以前就有了属于自己的刺绣。

瑶族是名副其实的游耕民族，历史上曾因受外界压迫，不得不长期处在迁徙流离之中。尤其是过山瑶，其祖先在生存方式上以耕山为主，"食尽一山又一山"。瑶绣作为瑶族传统手工技艺，距今已有1900多年的历史。瑶族用来刺绣的布以黑色为主，在土瑶心中，黑色代表着土地，因此他们用黑布来表达对失去土地的悲伤，以及对拥有土地的向往。

据史料记载，秦汉时期，瑶族先民便以木皮为布，以草实为色，好五色衣服，自那时起，便基本奠定了瑶族服饰刺绣喜爱使用的色彩。瑶绣以黑色土布做底，用红、黄、白、绿四色绣花线，经反面挑花刺绣而成，绣样取材广泛，内容丰富，形态多样。瑶绣的图案既有简单的图案，如正方形、三角形、圆形、水纹形、波浪形、"之"字形、"工"字形等，也有彩蝶双飞、游鱼戏水等纷繁的图案，色彩鲜艳而秀雅，构图明晰而多变。

瑶绣美丽精致，深受广大瑶族同胞和广大民族服装爱好者喜欢，具有较高的科学价值、实用价值和艺术价值。2006年5月，贺州市瑶族服饰被国务院列入第一批国家级《非物质文化遗产名录》。

瑶族没有文字，瑶绣技艺靠"母传女，婆传媳"的方式得以保留和世代相传。瑶绣是瑶族女性必须具备的技能，母亲要在女儿七八岁时就教她刺绣。依照当地风俗，绣工不好的姑娘是嫁不出去的。瑶绣贯穿了瑶族女性的一生，孩提时学绣，青年时绣嫁衣，有孩子后绣孩子衣物，老年时要将绣艺传给下一代。

瑶族对盘王有着最虔诚的崇拜，"盘王印"被瑶族人像家传珍宝一样精心守护着。传说十二姓瑶族人乘船过海时，遇上了狂风巨浪。十二姓瑶族人向盘王祈祷，祈求保佑他们平安渡海。就在他们生死存亡之时，一道印有盘王印章的神符从天而降，平息了巨浪，瑶族人得以死里逃生。因此，瑶族女性在衣服各处绣上"盘王印"，希望能够得到盘王的庇护。

瑶绣作为一种展示古代瑶族生产、生活习俗、宗教信仰的服饰文化现象，延续了瑶族服饰文化的完整性，对保护和传承瑶族文化具有重大的意义和作用。

沙田镇金竹村"两委"班子越来越深刻地认识到，瑶绣正面临着技艺退化甚至失传的危险。如何传承瑶绣技艺，发展非物质文化遗产产业，助推文化扶贫，一直是金竹村"两委"班子和全体党员的心头大事。

自幼随其母冯妹满学习瑶族刺绣的冯红芳，结业于广西民族大学"中国非物质文化遗产传承人群研修研习培训计划·广西民族服饰制作技艺传承人群培训班"。她刺绣经验丰富，绣品品质精良，是村里传承瑶绣技艺的最佳人选。经过金竹村党支部书记和第一书记的多次动员，冯红芳也深刻地认识到传承瑶绣技艺的重要性，便义不容辞地担任起金竹村"瑶绣传承班"的瑶绣老师。

冯红芳说，金竹村里十一二岁的女孩都会瑶绣，她是从20世纪90年代开始学绣花的。通常她们会绣民族服饰、挎包、头饰、鞋垫等。瑶绣花式繁多，有八角花、"盘王印"、莲花、韭菜花等。在瑶族传说中，八叶莲是花神，女孩出生时会获赠一个香囊，香囊上绣的正是八叶莲。香囊内填充的是山苍子（又名木姜子），其散发天然的香味，具有温肾健胃、行气散结的功效，用于治疗胃痛、呕吐及无名肿毒等症。瑶乡的孩子误食了发霉的东西，可用山苍子熬汤服下解毒。山苍子还可用来做枕头，有清凉、驱蚊的效果。说完，冯红芳又继续忙手中的绣活了。

2015年，冯红芳在金竹村先后举办瑶绣传承培训班5期，每期组织18～21名当地村民系统学习瑶绣的手工操作技能，共培训学员100多人次。她还组织金竹村的贫困妇女学习瑶绣技艺，设计符合市场需求的产品。金竹村还与贺州市潇贺古道特色产业发展有限公司等企业进行合作开发，创办了瑶绣扶贫车间。扶贫车间的创办，不仅让喜欢刺绣的女性聚集在一起互相学习，而且激发了村里妇女的创业热情。这样既可以保护传承瑶绣传统文化，也可以让村民靠手艺赚钱。仅绣手帕一项，一人每天可绣5～10条，收入60～120元不等，村中的妇女在家门口就可实现就业、创业，生活也逐步得到改善。

瑶绣扶贫车间为了传承瑶绣文化，用针线绣出脱贫之路，特地研发生产纯手工的笔记本封面装饰、手帕、衣袖装饰等刺绣产品。精美的刺绣产品从土瑶妇女的指尖诞生，通过网上销售平台，实现线上线下相结合，将手工瑶绣产品销往粤港澳大湾区。产品价格按照绣品制作的难易程度从几十元到几百元不等。

2019年底，金竹村参与瑶绣生产的"绣娘"有50多人，其中有16人属于建档立卡贫困户。扶贫车间每年收入可达20多万元，每户年收入可增收5000元以上。

沙田镇金竹村的瑶绣扶贫车间内，土瑶妇女们正在刺绣

下一步，金竹村将成立瑶绣专业合作社，进一步拓宽与企事业单位的合作范围，争取更多的瑶绣产品订单，实现规模生产，辐射带动全村贫困户参与到瑶绣产业链条的"产供销"各个环节，把瑶族特有的文化元素转化为特色经济元素，走出一条经济价值与文化价值相容相生的文化扶贫之路。

除了金竹村，鹅塘镇明梅村村民赵水姑也通过瑶绣实现了脱贫。

赵水姑的丈夫是残疾人，家中有4个孩子。2017年以前，赵水姑是明梅村有名的贫困户，而在瑶绣扶贫车间成立后，她的日子过得一天比一天好。她说，绣一条手帕就有10多元的收入，自己每天能绣七八条，就有近百元的收入。47岁的赵水姑一边绣手帕，一边打理小杂货铺，她欣慰地说："我在家里也能赚钱呢。"

令人欣喜的是，文华学校土瑶班的孩子们也开设了瑶绣课程，这不仅能让土瑶的孩子们多掌握一项技能，还能保护和传承传统民族文化，将土瑶织绣文化发扬光大。淳朴的土瑶人民用一针一线，绣出了一条宽敞和谐的脱贫致富之路。

早在2015年，贺州市被列为联合国开发计划署广西壮族自治区旅游示范项目6个试点市县之一，签署了《联合国开发计划署可持续旅游发展贺州市示范区项目2015年实施协议》。根据此项协议，联合国开发计划署结合贺州瑶绣手工艺特色，以瑶绣手工艺保护与发展、帮助贺州瑶族妇女实现旅游文化产业扶贫为目标，向世界推介瑶绣工艺品。贺州瑶绣被联合国开发计划署征集，用于装饰商务笔记本。至此，贺州瑶绣走上了世界舞台。

瑶绣作为贺州的一张特色名片，作为一种非物质文化遗产，在千年的历史传承中不曾消失，未来也绝不会消失。传承瑶绣，我们一直在路上。

待到"珊瑚"烂漫时

提到草珊瑚，大家自然会联想到"草珊瑚含片"。草珊瑚又名满山香、观音茶、九节花、接骨木等，四季馨香，具有极高的药用价值、食用价值及观赏价值。除瑶族外，苗族、水族、拉祜族、景颇族、傣族、壮族、侗族、土家族等十几个少数民族，都用草珊瑚治疗跌打损伤、风湿骨痛，以及肺炎和妇科病等。野生草珊瑚生长于海拔400～1500米的山坡、沟谷常绿阔叶林下阴湿处，适宜生长在温暖湿润的气候中，喜阴凉环境，忌强光直射和高温干燥，喜腐殖质层深厚、疏松肥沃、微酸性的砂壤土。

平桂区土瑶聚居区地处湿热多雨的山区，终年云雾缭绕，海拔400～1200米，土壤主要为红壤及红黄壤，呈弱酸性，磷、钾等微量元素含量高。土瑶聚居区的这种自然生态条件，除适宜杉、松、油桐、毛竹等木本和禾本植物生长外，也非常适宜草珊瑚等名贵中草药的生长。2020年，平桂区在全力抓好新冠肺炎疫情防控的同时，积极推进土瑶村连片种植草珊瑚等名优中药材，培育壮大村集体经济，延伸产业链条，努力帮助土瑶贫困群众实现增产增收。

一手抓疫情防控，一手抓春耕生产。鹅塘镇明梅村龙船片山头上雨雾蒙蒙，50多名土瑶群众正在山上锄地、打窝、放苗、盖土，呈现出一派繁忙的春耕景象。2020年春节过后，明梅村驻村工作队员在入户普及防疫知识的同时，积极宣传发展林下经济，连片种植中草药草珊瑚。村民黄土清是明梅村的种植大户，一开春，他就早早地翻耕土地，什么时候种大肉姜，什么时候种芋头，什么时候种茶树和杉树，心里都门儿清。听说村里要连片种植草珊瑚，他便利用自家春耕的空档，毫不犹豫地加入草珊瑚种植的队伍中。

明梅村三组的贫困户姜亚辰一大早也来到山上，埋头种起草珊瑚来。大家都想趁着好天气，抢种抢播。"我今年必须要把贫困的帽子摘了！"姜亚辰信心百倍地说。

驻村工作队员黎华说："明梅村已经种下了300亩草珊瑚，疏通这条产业路以后，这附近2000多亩土地就被盘活了。通过草珊瑚的种植、采摘、加工等，村民的收入也会提高不少。"

不仅明梅村正如火如荼地种植草珊瑚，金竹村也不甘落后。金竹村四面环山，如何靠山吃山、如何巩固脱贫成果，助推乡村振兴加快建设，一直是该村村民、村干部和第一书记庄川思考的问题。2019年，庄川带领10多名村民、村干部到富川县进行全面考察学习，回来后结合本村山里气候多变、海拔高、气候温暖湿润的环境和丰富的生态林业资源优势，决定种植喜阴的草珊瑚。

在金竹村的草珊瑚种植基地，60多名村民正在杉树林下种植草珊瑚，热闹非凡。"我家种植了1万多株草珊瑚，杉树林下套种草珊瑚投入小，可以实现林药双收入，一举两得。"脱贫户赵晚春笑逐颜开。

据庄川介绍，种植草珊瑚不需要砍伐树林，也不用开垦大片土地，将杉树林间空隙地的杂草除掉后就可以种植，可以连续采收20年。村支书黄亚林也算了一笔经济账和生态账："草珊瑚具有很高的经济价值，制药加工企业常年收购，是一个十分稳定的种植项目。如果每户农户都种上10亩草珊瑚，3年后再收割，每亩产鲜品1500斤，每斤6元，每户每年的收入将稳定在2万元以上，真正能实现'不砍树也能致富'，实现生态和致富的'双赢'。"

金竹村向林下要效益，采取"党支部＋合作社＋基地＋农户"的模式，基地通过连片种植、统一管理、保价回收的方式，带动群众广泛种植草珊瑚，并在实现村集体经济增收的同时，有效巩固脱贫成果。截至2020年3月，全村已种植草珊瑚面积达600多亩，受益村民60多户。"杉树下套种草珊瑚是金竹村继茶树、油茶树、生姜、杉树等特色种植产业之后，重点发展的又一特色产业，草珊瑚种植将成为金竹村及沙田镇又一增收亮点。"沙田镇党委书记陈斐如是说。

金竹村草珊瑚生产企业还专门聘请土瑶群众进行种植、护理，每人每天务工收入有130元。

待到春夏时节，瑶山绿意盎然，漫山遍野飘散着草珊瑚的花香；秋冬之际，枝头挂满饱满、火红的"明珠"，赏心悦目，像是在召唤山外的游客，来共同领略瑶山的壮美。

瑶寨油茶香满山

土瑶深山尽是宝。山上除了可以种植茶树、生姜、杉树、八角、草珊瑚等，勤劳的土瑶人民还种上了油茶树。茶油色清味香，营养丰富，是优质的食用油，也是制作工业润滑油、防锈油的重要原料。

"一亩茶山百斤油，又娶老婆又盖楼。"这是瑶族民间流传的一句俗语。这不，在鹅塘镇槽碓村村民赵亚二的家门前，就看到一栋两层的红砖房。

赵亚二正在新房里忙得不可开交，他希望一家人能赶在过年前住进装修好的房子里。这个昔日的贫困户已于2019年5月顺利脱贫，成为村里人学习的榜样。

回忆起自己的脱贫历程，赵亚二感慨地说："今天的幸福生活，真的是来之不易啊！"

槽碓村的村民大部分是贫困户，赵亚二家也不例外。上小学四年级时，因为缴不起学费，他便早早辍学在家，跟着父母一起打山工维持生计。他连续打了好几年工，每天只有30元的工钱，连身像样的衣服都买不起，更不敢妄想娶老婆的事。

这些年，父母的年纪越来越大，家庭的重担也落到了赵亚二身上。他家被确定为贫困户，虽然能享受到国家各种优惠政策的补贴，但这顶贫困的帽子却令他极不舒服，他想尽快摘掉这顶沉重的帽子。

看到村里不少人外出打工，赵亚二也想出去闯一闯。他想，只有肯吃苦，才能不吃一辈子苦，光靠国家的补助是不够的，要通过自己的努力让爸妈过上好日子。槽碓村村支书赵转桂了解到他的想法后，立即联系了镇政府，将赵亚二推荐到一家工厂工作。

刚开始在工厂上班时，赵亚二特别不适应，在工厂的流水线上干活，一直重复简单的流程，不仅辛苦还很枯燥。"都是些苦力活。"赵亚二回忆道，"每次上晚班感觉支撑不下去的时候，都会对自己说，现在不愿吃苦，就得吃一辈子苦。"

靠着这股韧劲和拼劲，几年下来，赵亚二的工资从每个月1200元涨到了4000多元，家里的日子也逐渐好起来。不久，他娶了老婆，还有了一个可爱的孩子。由于小孩需要上学、母亲需要照顾，赵亚二继续外出打工的计划不得不终止。近两年，槽碓村正大力发展茶树、油茶树、杉树等特色种植产业，赵亚二希望能通过种植油茶树、杉树，在家门口富起来。

他找到了驻村工作队员，表达了希望能跟着技术人员学习油茶树的科学种植技术的想法。槽碓村第一书记陀东了解他家的情况后，不仅给赵亚二提供了优质的油茶树苗，还让他参加村里的技术培训班，学习科学的种植方式和管理模式。

"低改或新种的油茶树产量高，每亩大概能赚2000多元。"陀东告诉记者，"村里正在大力发展油茶产业，希望更多的村民加入进来，提高贫困户的收入。"

说干就干。赵亚二新种上了3亩油茶树，2020年还打算再种5亩。此外，他还种了25亩的杉树。油茶树是著名的"抱子怀胎"的植物。油茶籽一般都是在每年的寒露到霜降期间采收，只有少数品种是立冬时节采收。采收完后，油茶树就会开花、结果，再经过一年的生长，到翌年秋天才能成熟。采收完油茶籽就要抓紧抚育、施冬肥，为翌年春季萌发春梢准备足够的养分，这样才能保证油茶树高产稳产。

种植油茶树和杉树短时间内见不到收益。等待油茶树成熟和杉树成材的时间里，赵亚二又在镇政府举办的扶贫专项招聘会上找到了一份离家近的工作，每个月有2000多元的工资，这样既可以照顾家里，日常开销也有了保障。

"等赚了钱，我就主动申请退出贫困户。靠自己的努力赚钱，心里也比较踏实。"赵亚二说。他还报名参加了叉车技术培训，希望多学一门技术，将来能找到待遇更好的工作。

在不久的将来，山壳壳油茶就能结出"金蛋蛋"，期待绿水青山的瑶寨迎来小康的美好生活。

蜜成又带百花香

　　"不论平地与山尖，无限风光尽被占。采得百花成蜜后，为谁辛苦为谁甜。"唐代诗人罗隐的诗，让我联想到了辛勤劳作的土瑶人民。鹅塘镇大明村地处崇山峻岭之中，树木葱茏，花源植物众多，适合发展蜂蜜产业。

　　为增加村集体收入，2019年11月，鹅塘镇大明村成立了养蜂合作社，采取"公司＋合作社＋贫困户"的模式，发展蜂箱200个，吸纳了10户贫困户加入合作社，并提供了2个劳动岗位。很快，合作社产出了第一批蜂蜜。

　　大明村第一书记林昊告诉我们，2020年春节前，他通过工会部门了解到部分单位的年货采购需求，便一家家上门推销。他还同贺州市园博园合作，在公园大门口设立了销售点，以"购年货送门票"的方式推销村里的农产品。

　　"卖蜂蜜得的钱，打算给合作社的工人发工资。"林昊说，"因为资金不足，这两个月只是小试身手，今年我们将陆续投入600个蜂箱，到年底社员们就可以有分红了。"

　　燕入巢窝处，蜂来造蜜房。为了将小日子过得甜甜蜜蜜，土瑶各村都在行动。2020年1月10日，鹅塘镇槽碓村热闹非凡。当天，在这个土瑶同胞聚居的小山村，村民身着盛装，载歌载舞，迎新春、庆丰收、话脱贫。

"大家快来品尝吧，这是我们土瑶正宗的鸭脚木蜂蜜……"正在高声吆喝的是村民彭铁其。当天，他将自家的蜂蜜带来参加土瑶土特产展销活动。2019年下半年，天气普遍晴好，彭铁其收获了200多斤的蜂蜜。看着自家香甜的蜂蜜引得大家纷纷前来品尝和购买，彭铁其脸上布满了笑容。

谈到如今的生活，彭铁其感慨良多。他说，在脱贫攻坚工作没有开展以前，村里都是烂泥路，出行很不方便，群众去镇里赶一趟集，来回要走四五个小时，凌晨出发，天黑才能回到家。而现在不一样了，水泥路通到了每个村民小组，来观光旅游的游客越来越多，土瑶群众的农产品都不愁卖了。

在大明村村委采访时，看着芳香四溢的鸭脚木蜂蜜，我忍不住买了一罐。相信在不久的将来，脱贫致富后的土瑶人民，生活比蜜还甜。

第三章

育才造士，瑶山的希望

家庭的希望在孩子，孩子的希望在教育。

用爱编织土瑶的教育

　　我们一行人驱车前往平桂区文华学校。一进校园，映入眼帘的是一幢幢现代化的教学楼，校舍明亮且整洁，令人耳目一新。在宽敞的操场上，我们见到了姜晚英老师，她正在炎炎烈日下忙碌地为学生晾晒被子。姜老师说，受新冠肺炎疫情影响，土瑶班的孩子们要到5月6日才开学，现在趁着大太阳晒晒土瑶娃留在学校的被子，这样能让孩子们上学时睡得舒服一些。文华学校的操场上，晒满了孩子们的被子，那些柔软的被子里，藏着太阳的味道和老师的温暖。

　　晒完被子，姜老师带我们来到了瑶族文化室。不大的文化室内，陈列着土瑶和过山瑶的民族服饰，以及富有民族特色的长鼓、瑶绣，还有风谷机、舂米桶、烘茶篓等一些瑶族人民的日常生产生活用品。墙上展示着孩子们的瑶绣等手工作品，课桌上整齐地排列着土瑶同胞平时生活用的竹制食盒、竹篓等物品。

　　姜老师还向我们展示了《瑶语教学读本》和《瑶族文化》校本教材。"这些校本教材都是我们土瑶班老师自己搜集整理的！"姜老师自豪地说。这两本教材包含了瑶族简介和起源、瑶族的十二姓氏、土瑶的神话传说、平桂土瑶的介绍，以及土瑶的长桌宴、服饰和饮食特色等内容，目的在于培养孩子们的民族情怀，让土瑶学生更加了解自己的民族。姜老师轻抚着这两本教材，激动之情溢于言表。

回想起从前艰苦的求学生涯，姜老师陷入长久的沉思。

20世纪80年代初，姜晚英成为鹅塘镇唯一一个走出大山读初中的瑶族女孩。她每周一从明梅村走到鹅塘镇初级中学，周末又从学校走回家，一趟就得两个半小时。同村的很多女孩子未到成年就早早嫁人了，唯有她始终坚持上学。姜老师说，她读初中的时候，因为在学校读书，几个堂姐的婚礼都没有回去参加。当村里的多数女孩仅读到小学三四年级就辍学时，姜晚英却读完小学读初中，读完初中念高中。当时还有村民不理解地说："一个女孩子读这么多书有什么用，还不是要嫁人？"她顶着来自各方面的压力，继续埋头读书，并准备考大学。就这样，在家人的大力支持下，她咬着牙一口气读到了高中三年级，成为瑶山里第一个读完高中的女孩。然而，由于知识基础较薄弱，高考时她还是落榜了，这成为她的人生之痛。那一个月，她每天都会爬到后山，呆望着山外，一坐就是一整天。她告诉自己：如果不站起来，就会像那头失蹄跌落的老牛一样，永远留在山下，只有站起来，才有出路。不足20岁的姜晚英将他人的讥笑抛在身后，化压力为动力，成了镇里的一名代课老师，且一干就是8年，直到1996年，才通过考试转为公办教师。

土瑶人从前种田，也养牛，姜老师小时候也放过牛。那时，耕牛是山里人家最值钱的宝贝，农民们将牛看得格外珍贵。冬天，山上收了庄稼后，村民们早上将牛赶上山，下午才到山上将牛找回来。上小学阶段，姜晚英经常在冬天的清晨牵着两三头牛，翻越两座山，将牛留在山上吃草，自己再赶往学校上课。放学后，她又爬过山头，循着牛铃找到牛儿，将吃得饱饱的牛儿牵回家。说到这里，姜老师陷入沉思，好一会才抬起头，告诉我们一件事。那年她正上初中二年级，一次周末在家，她和往常一样上山找牛，好不容易将牛找到，可是山坡太陡了，老牛低头吃草时，脚下一滑，笨重的身体瞬间滚落下山……这悲惨的一幕，就在姜晚英的眼前发生了。她当时彻底懵了，她明白失去一头牛对这个贫寒的家庭意味着什么。小姜晚英在一块山石上呆呆地坐着，一直坐到了天黑，才牵着幸存的小牛，一路哭着回了家。家人并没有责怪她，但那整个寒假，她都茶饭不思，寡言少语，第一次萌生出了不想读书的念头，并怯怯地向父亲提出辍学的想法。父亲明白她的心思，只回应了一声："随你喔。"一直到开学的前几天，姜晚英才开始写起了寒假作业。她想通了，无论如何都要继续把书读下去！"瑶家孩子的上学之路太曲折了。"姜老师叹息道。

面前的姜老师，个头不高，身形瘦弱，骨子里却透着一股倔强，她抱定了读书的念头，并且始终如一地坚持了下来，不达目的誓不罢休；她不惧人言，求学期间忍受着来自各方的奚落与嘲讽，仍执意读书；婚姻方面，她也敢于挑战瑶山人不同外族人通婚的传统，勇敢地选择属于自己的幸福之路。"我找的老公是大学生，壮族人。"姜老师骄傲地说。

谈到学校的教学生活，姜老师的话匣子彻底打开了，滔滔不绝地向我们讲述着。

2018年秋季学期，平桂区文华学校开班办学。这所学校总投资约2.2亿元，兴建了崭新的教学楼、综合楼、教师公寓、食堂和操场，并为学生宿舍配备了生活管理员，建了一定数量的亲子公寓。每间学生宿舍设有8个床位、独立的卫生间，并有热水供应。平桂区委、区政府关爱土瑶人民，为了彻底斩断贫困的代际传播，在文华学校专门成立了寄宿制土瑶班，招收6个土瑶村四至六年级的适龄儿童寄宿入学，实行专班服务。此外，平桂区政府还为土瑶班学生提供伙食补助和交通补助。

2018年9月3日是文华学校寄宿制民族班开学的日子。一大早，姜老师和同事们就去鹅塘镇政府和沙田镇政府专程接土瑶孩子入学。将大部分孩子送上车后，她才跟着最后一趟车回到学校。

"我是土瑶人民中的一名中共党员，感谢党委和政府对土瑶群众的厚爱。为了让文华民族班发展得更加美好，我愿用心守护好扶贫成果，用爱编织好土瑶教育的摇篮，决不让一个土瑶孩子掉队！"她是这样想的，更是这么做的。土瑶班开学的头3个月内，为了安抚还没有适应的学生，鼓励家长支持孩子在城里上学，姜老师隔三岔五要进瑶寨家访。她整整3个月没有回过一次近在市区的家，尽管她家离学校只有30分钟的路程。那个学期，她进瑶寨多达21次。

土瑶孩子的家离学校很远，孩子们需要住校。原定于每周五晚家长将孩子从学校接回村里，周日再送回学校。但由于大部分家长都忙着干农活，没有时间接送，所以他们意见很大。为了了解每个孩子家庭的具体情况，姜老师收集了所有家长的意见，又利用周末和假期时间，进入各瑶寨走访了学生家长，哪怕是最远的大明村也没有遗漏。在征得绝大部分家长同意后，接送孩子的时间便由一周一接改为十天一接。

　　作为土瑶班的教师，姜晚英以身示范，鼓励村里的孩子读书，用教育改变命运。每次村里有孩子不愿来校时，姜老师比谁都急。她会第一时间赶到孩子家里做思想工作，像大姐姐一样，苦口婆心地劝说孩子重返校园，用满满爱心留住每一个土瑶孩子。

　　有些家长观念较陈腐，不愿意继续送孩子上学，她便去学生家里苦劝；有些十四五岁的孩子出现早恋倾向，她便极力说服他们要以学业为重。

　　2018年9月12日晚10点，学校政教处主任打来电话，说宿舍里少了两个土瑶娃。姜老师听到后，二话不说，就与值班老师出校找人。可找遍了周边街道的超市、网吧都不见人。直到凌晨2点，才在通往钟山县路边的一个小卖部旁找到了这两个逃学的孩子。

　　2019年4月29日，姜老师在去唐运林同学家劝返途中，在陡坡上被一辆装满木头的大车挡住去路，车子一度打滑后溜，吓得她在心里发誓下次再也不来了。许多次，她在回程途中看到翻下陡坡还没来得及处理的车辆，仍会心有余悸。虽每次都说不来，但她还是一次次来了。功夫不负有心人，最后，唐运林如约回校。

　　2019年9月5日下午，姜老师和农业局的工作人员一起到大明村赵兰姑家劝返，当车子到达大明村老村委门口时，一辆装满木头的货车因为车辆毁损而挡住了去路，他们的车子过不去了。看着天色将晚，没有时间等待了。姜老师拦住了一辆过路的摩托车，想让人捎过去，可是，前面在修路，摩托车也无法通行。她毅然决定步行前往，便只身一人走在陡峭的山路上。行走在空无一人的山路上，说不怕那是假的。好在手机网络还有信号，她打通了平桂区教科局局长杨辉考的电话，一边向杨局长汇报一边往前走，差不多走了40多分钟，到了学生的家里才挂断电话。姜老师说，那次是她在劝返路上第一次掉眼泪，也很感谢杨局长在百忙之中一直陪她聊了那么长时间。那天，她成功地将学生带回学校。等她回到自己家时，已夜深人静。

姜老师还耐心开导过因举止"怪异"而遭同学非议的土瑶"假小子"邓火仙；通宵在医院守护过生病的学生；通过青春期卫生课和心理疏导课，成功劝解为"爱情"打架的土瑶"小帅哥"；通过耐心巧妙的引导，使原合唱队学生由排斥转为接纳，成功让排练老师欣然留下为合唱队后备人选的土瑶娃……太多的经历让她深深体会到：要留住所有的土瑶孩子，让孩子们安心上好学，还真不是一件容易的事。

狮东村有个学生叫凤亚友，因为性格原因，一度不肯来校。2019年10月29日，姜老师和同事李泽来到他家，无论怎么劝说，孩子始终不开口，也不愿回校。见此情景，姜老师改变了方法，将孩子带到山上捡果子，和孩子一起到村里走走，玩了半天，孩子开始有些动摇了，点头表示同意返校，但还是不肯说话。当一起走到了返校的汽车前，正要上车时，孩子又变卦了，不管怎么劝，就是不肯去学校。姜老师思索了一下，问他："你今天不想去学校，是吗？那你想哪天去呢？"这道机智的选择题，终于让孩子开了口，答道"星期天"。姜老师当场和孩子拉钩。星期天下午，孩子真的来学校了！姜老师说，那天孩子虽然没有一起回校，但听到孩子开口说话的那一刻，她落泪了。

大明村有一个女孩叫赵兰娘，因为家庭发生变故，所以不愿回学校继续读书。姜老师知道后，多次赶到了孩子家里做动员工作，并和家长一起分析了孩子今后的出路。终于，在一个风雨交加的日子里，看到长途跋涉而来的姜老师，赵兰娘家人被感动了，赵兰娘也哭了，当天便跟随姜老师回到学校。重返校园的赵兰娘还加入了学校的合唱队，让她的唱歌的天赋得以充分展现。因表现突出，她成了合唱队的领唱，还参加了平桂区2020年春节晚会。晚会上，她的笑容灿烂极了。

作为一位土生土长的瑶族女教师，瑶族文化始终流淌在姜晚英的血液里。她热爱这片土地，也尊崇瑶山孕育出来的独特文化。她记得儿时每逢村里有外乡客人来或过春节时，都听到村民聚在一起唱瑶族山歌，这非常有意思。她想，为什么不将传承瑶族文化与学校的教学结合起来呢？想到这些，姜晚英立刻行动起来。

2018年10—12月，姜晚英将土瑶民歌、瑶族长鼓舞、瑶绣等瑶族传统文化引进课堂，通过教孩子们唱瑶歌、画瑶画、刺瑶绣、跳瑶舞等来丰富土瑶娃的校园生活；2018年11月3日，姜晚英撰写了《平桂区文华学校民族团结进校园和瑶族文化传承方案》；2019年3月22日，学校建了个瑶族文化室，她不仅为文化室贡献出了自己压箱底的本地过山瑶和土瑶的两套民族服饰，更动员家长们捐献了平时不用的竹筒、刀鞘、织针、竹篓、特色网背包等土瑶同胞日常生活用品。结合土瑶教育实际，平桂区委在文华学校打造民族团结进步创建教育基地，拨付专项经费，开展"民族团结进步创建进校园"活动。

"回想这一年多来，有收获，有失落；有振奋人心，有悲痛、伤感；有豪情满怀，也曾踌躇不前，其中的甘苦真是如人饮水，冷暖自知。我只愿现在所有的付出，都能成为土瑶班今后进步的铺垫。"姜晚英在她的手记中这样写道。

谈到未来，姜老师信心满满地说："不忘教育初心，牢记育人使命，我愿与土瑶孩子共成长，用爱守望他们美好的明天。"

采访结束，姜老师又在校园里奔忙。望着她的背影，我仿佛看到千千万万个姜老师正从大山里走出来，走进城市，奔向希望。

2020年9月1日，位于平桂区西湾街道新建成的贺州市民族学校正式开学。贺州市民族学校是土瑶聚居深度贫困地区脱贫攻坚的重点项目之一，是平桂区义务教育保障及易地移民扶贫搬迁安置配套建设的一所学校。学校的教学楼、综合楼、学生宿舍、青少年活动中心、球场等教学配套设施齐全。这所投资1.8亿元新建的寄宿九年一贯制学校，2020年秋季学期有28个班共1233名学生，其中796名学生来自鹅塘镇、沙田镇的6个土瑶村，可接替先前文华学校的民族教学任务，全力提高土瑶聚居区适龄儿童、少年的知识文化水平。

"上学不再难，教育将成为阻断贫困代际传递的治本之策。"平桂区教科局局长杨辉考说。

大山的希望

　　土瑶村地处深山，交通极为不便，村民的生活困窘，土瑶孩子的教育也堪忧。一位曾在土瑶聚居区支教的志愿者记录下了当时的情况：

　　　　那是2015年，从这一年起，瑶族班的学生学费全免，但仍然有学生没办法读书。他们平时寄宿在学校，家离学校有近20公里，都是步行往返，回一趟家就要走四个小时以上的山路，两个星期才回家一次，风雨无阻……

　　　　……狮东村的中心小学，还是20世纪90年代初盖的，设有一、二、三年级，在周边的大冲、小冲、大冷水这些自然村还有分教点，设有一、二年级，三年级就要到中心小学来读。整个狮东村7~12周岁的儿童共有257人，其中在校生只有113人，入学率不到一半。全村共有1860人，具有小学文化程度的有1064人，初中文化程度的只有44人，高中和中专文化程度的只有18人，大学本科以上文化程度的一个也没有。学校没电，教室里没灯，晚上里面漆黑一片。教室太小，人太多，课桌都排到黑板旁边。个别学生家太远，只能寄宿在校。设在大冲的一个分教点在半山腰，巴掌大的教室，地面坑坑洼洼的，三个人挤一张课桌。孩子们的父母都在外做工，家里没有人带孩子，这些学生就背着弟弟妹妹一起来上学。有一位年轻的代课老师，上一、二年级所有的课，月工资才200多元。他家在另外一个自然村，早晚来回走山路要花三个多小时，不管刮风下雨都是如此。山里的孩子没有体育课，他们就在中午休息时自娱自乐，两个孩子用一根绳子"拔河"。

读完这篇记录，我心情十分沉痛。这位志愿者说的都是实情，土瑶聚居区基础教育薄弱，各乡村小学的情况大同小异。随着扶贫攻坚力度的不断加大，教育扶贫效果显著，土瑶聚居区的基础教育有了极大改善。

在金竹小学当了13年校长的邓记旺，亲眼见证了金竹小学的发展历程。2005年以前，金竹小学的教室还是简陋的土木结构平房，一下雨便会漏水，厕所墙面更是有裂缝。因为没有食堂，孩子们只能从家里带米、带菜，自己煮饭。2007年，是邓记旺校长正式上任的头一年，他清楚地记得，那年金竹小学招收了180多个学生。同年，在各方的支持下，教学楼加盖了一层，可以容纳更多的学生上课。2012年，学校正式开办了学生食堂，让学生的一日三餐有了保障。2015年，学校建了一幢教师宿舍楼，让老师再也不用跋涉几小时的山路来上课了。2018年，操场实现了硬化，校舍周边有了挡土墙和护栏，教室有了电子白板，计算机室也有了，孩子们也与时俱进地实现了网络教学。

金竹小学目前有159个学生，多数学生因为离家较远，寄宿在校。按相关政策，每个寄宿生一学期可获补贴500元，非寄宿生一学期可获补贴250元。

"现在你们也看到了，学校操场建起来了，学校道路已经硬化了，学生宿舍、厕所和水电设施也都进行了翻新。'保学控辍'任务圆满完成，没有一个孩子因为贫困上不了学。"邓记旺校长介绍，2020年，教育部门落实了60万元资金用于校园场地平整、学生宿舍改造等项目建设，全村义务教育水平得到进一步提升。赵亚扬、李章科、李玉凤几位老师所教的学生分别获得沙田镇数学第一、语文第一的好名次，所教班级获得平均分90分以上的好成绩。

在金竹村第一书记庄川的后盾单位贺州市教育局的带领下，先后有多个单位为金竹小学送去蚊帐、电风扇、洗衣机、太阳能热水器、乒乓球台等价值1万多元的物品，帮助学校完善生活设施，为学生提供更好的学习、生活环境。

爱心企业广西华砉树脂有限公司也开展了"益企来·助学行"公益援助行动，并与金竹小学签订了2019年校企共建协议书，为学校捐赠太阳能热水器、木床和置物桌，解决了学生冬天洗澡难和老师住宿条件简陋的问题。

对金竹小学的老师和学生来说，广西华砉树脂有限公司已经是他们的老朋友了。邓记旺校长说道："广西华砉树脂有限公司真的非常有爱心，不但让学生洗上了热水澡，还经常来给学生们上课，并且给予每个孩子每月100元的餐补，学校和家长们都非常感谢广西华砉树脂有限公司给我们的帮助。"

从此，在土瑶孩子求学路上没有了后顾之忧。2019年2月25日一大早，鹅塘镇大明村的赵石春便带着儿子赵俊杰赶到20多公里外的平桂区鹅塘镇政府，等候平桂区文华学校专门组织的公交车，一同乘车前往学校报名。

赵俊杰这时刚上六年级。得知孩子要来这边读书时，赵石春十分支持。"儿子上学期刚转到这所学校，以前在鹅塘镇那边的学校读书。孩子在这边，无论是学习环境还是生活环境，都比以前好。"赵石春说。

放下行李后，赵石春带着孩子来到教室注册。"今天来报名，总共交了173元，其中93元是教辅费，80元是校服费。"赵石春说，"孩子来到这里读书，除了有伙食补助与住宿补助，来回路费也有补助。一年下来，只需要花费四五百元，大大减轻了我们的负担。"

"一个学期过去，孩子变得更加有礼貌，成绩也提高了，对新的学校很满意。"赵石春微笑着说，"新的学期，希望孩子能够学习更认真一点，取得更好的成绩。"

"现在的教室和宿舍很干净，也很漂亮，老师和同学也很好，我喜欢这里。"赵俊杰开心地说。

新的学期，新的征程。校园内，熙熙攘攘，学生、家长来来往往，沉寂了一个寒假的校园又重新焕发出生机与活力。在新的环境下，400多个土瑶学生将开启他们新学期的学习生活。

平桂区文华学校的教育资源有效解决了土瑶学生上学难的问题。为了让土瑶学生更好地适应学校环境，文华学校因地制宜地开展瑶歌、瑶绣和瑶族长鼓舞等民族文化传承教育，开展社团教学，把瑶族一些优秀的传统文化引进课堂，增强学生的民族情怀和民族自信心。通过开展瑶族文化进校园活动，学生已经初步学习了瑶歌和瑶族长鼓舞，掌握了一定的技能。

土瑶学生在文华学校里表演民族文化节目

　　好消息接踵而至。贺州市平桂区不断加大教育资金投入，持续改善贫困地区义务教育薄弱学校的办学条件，共投入841万元分别用于6个土瑶村小学及9个教学点的场地建设、校舍翻新、校园文化建设及图书仪器设备添置。新建成的贺州市民族学校，已于2020年9月开始招生。该校是一所寄宿制九年一贯制学校，实现了土瑶学生全部集中寄宿就读，从根本上解决土瑶学生上学难问题。

　　记得金竹村小学门口挂着一副匾牌，上面印着"家庭的希望在孩子，孩子的希望在教育"。随着脱贫攻坚的推进，教育扶贫的投入力度加大，越来越多土瑶孩子实现了自己的读书梦，向着美好未来前进……

大瑶山走出了一位博士

金竹村是平桂区6个土瑶村里经济最发达和教育水平最高的村寨，也是我此次土瑶之行的最后一站。采访金竹小学校长邓记旺时，他提到金竹村出了一位博士，现在在广西大学工作。这大大出乎我的意料。我立即请邓校长联系他。

几天后的一个周六，我在南宁如愿见到了这位从土瑶村走出来的第一位博士。他叫赵万宗，是广西大学党委办公室和校长办公室秘书，个头不高，架着一副眼镜，看上去斯文且儒雅，与他同来的是他的妻子杨丽超博士。

赵万宗的父亲是小学教师，母亲在家务农。他父亲非常重视教育，对三个儿子管教非常严厉。哥哥赵万荣仅念到初中一年级便辍学，一直以来家庭生活较困难；弟弟赵万友，中专毕业，目前在村里养猪、开小卖部，生活倒也过得去；而赵万宗自2005年本科毕业后，便留在了首府南宁，现在夫妻俩将小日子过得和和美美。赵家三兄弟的故事，正应验了"读书改变命运"这颠扑不破的真理。

回忆起从前的生活，赵万宗感慨万千。他小学就读于金竹小学，因山高路远，他上小学期间去沙田镇的次数不超过5次。1995年小学毕业后，他考上了沙田镇第一初级中学。为此，父亲特地为他买了一辆自行车。上山时，山路险峻而陡峭，他不得不推着自行车爬坡；下山时，山道狭长而崎岖，有时刹不住车，他也只得不时地下车推行。每回一次家，都要半天的时间，经常披星戴月。夜晚一个人打着手电筒走在不足一米宽的羊肠小道上，山间不时传来不知名的动物的叫声，还有惊悚的回声。心惊胆战的赵万宗便努力让自己平静下来，并开始默背语文课文、数学公式等，以驱逐心中的恐惧。

那时，三兄弟都要帮家里干农活，赵万宗每次都自告奋勇去放牛。细心的母亲识破了他的小伎俩，但从不说穿。事实是小万宗将牛赶到山上，放任牛儿吃草，自己则安静地坐在旁边看书，一直看到天黑，他这才带着书、赶着牛儿回家。

从初中起，他开始住校，每月回一次家，有时也会寄宿在汉族的同学家，农忙时帮同学家收割稻谷或挖马蹄。通过与汉族同学的接触，他迅速学会了普通话和客家话。初中毕业后，他不出意外地考上了市重点中学——贺州市高级中学。2001年，他顺利考入广西大学。

大学第二年，国家助学贷款政策开始实施，家境贫寒的赵万宗申请了助学贷款，得以完成四年的大学学业。求学期间，他每月的生活费仅200余元，时常靠啃馒头度日，住的宿舍也是最便宜的十人间。他本科学的是电气工程及其自动化专业，同时自学计算机编程，凭借研发软件赚取生活费，生活也渐渐有所改善。

2005年，他本科毕业了。在签约了梧州市供电局的同时，他也得到了一个留校的机会。在面临就业抉择的困惑时，父亲坚定地支持他选择留校工作。当时供电局的工作可能薪水更高，但是能有机会在高校工作，留在首府南宁，意味着未来会有更广阔的发展空间。

他十分珍惜这个留校工作的宝贵机会。为了圆满完成学校办公信息化系统的建设任务，他一个人时常通宵达旦地写代码，在短短4个月的时间里，实现了广西大学信息化零的突破，开启了广西大学信息化的新纪元。他一直致力信息化建设与管理工作，并于2018年获得广西大学建校90周年突出贡献奖。

2008年，赵万宗攻读了广西大学电气工程及其自动化专业硕士学位，2010年继续攻读博士学位。在读博期间，他结识了也在读博的女孩杨丽超。杨丽超是个地道的城市女孩，在首府南宁长大。"丑媳妇总是要见公婆的"。2014年，她第一次去赵万宗家，一路换乘了多种交通工具，绕了十八弯的山路，才坐上赵万宗弟弟的货车，沿途都是一眼望不到尽头的山。几经辗转到达金竹村时，杨丽超不禁在心里惊呼道："世界上怎么会有这样的地方？！"在这个小村里，她见到了破败的土坯房，村里到处散落着垃圾。这些，显然是无法与杨丽超生活了近30年的南宁相比的。

即使是招待第一次上婆家做客的杨丽超，餐桌上也仅有三四道菜，看上去黑乎乎的。赵万宗愧疚地解释道，不是不重视这个新媳妇，而是山里一向吃得非常简单，即使是过年，也只比平时多一两道菜。"这么说，我享受的是过年的待遇咯。"性格爽朗的杨丽超打趣道。她切身感觉到他的不易，俩人的感情也因此更加浓厚了。

婚后，他们每年都至少回一趟老家，孩子也会同他们一起去看望爷爷奶奶，"让孩子体验乡村生活，知道他爸爸从大山里考出来有多么不容易。"杨丽超说。

　　近两年来，金竹村有了很大的变化，村里铺上了硬化路，建起了一幢幢楼房，许多房子外墙都统一贴上了瓷砖，金竹小学的教学楼也更漂亮了。杨丽超每次回婆家，都感觉那里更美、更净了，金竹村也由从前那个交通不便、闭塞落后的村寨，变成一处山清水秀的人间仙境。

　　赵万宗博士深爱家乡这方热土，希望她能变得更美好。他对家乡的建设提出了许多可行性建议，如因地制宜发展乡村旅游业，开展群众技能培训，扩大农产品销售渠道，采用立体式扶贫，改变村民的思想观念，实现可持续性发展等。

　　我面前的赵万宗，不再是那个深山里的放牛娃，不再是深夜推着自行车踽踽而行的孩子，不再是一餐啃一个冷馒头的穷学子，而是胸怀家乡、有深谋远略的学者！习近平总书记说过，扶贫先扶智，治贫先治愚。贫穷不可怕，怕的是智力不足，头脑空空，怕的是知识匮乏，精神委顿。尚不足40岁的赵万宗，以超强的韧性走出大山，走进城市，用自己的智慧、勤劳和汗水，实现了人生的理想。

　　赵万宗的妻子杨丽超正怀着第二胎，孩子生下来时，这本书应该付梓了。两位博士孕育着的，是瑶山的希望，是土瑶人民的未来。

第四章
城里的阳光把梦照亮

　　确保每个贫困户至少一人就业，让老百姓搬得出、住得稳、有收入、留得住。

相信自己，相信未来

得知即将采访的对象凤增贵是一位残疾人时，我的内心充满了许多疑问。见到凤增贵之前，诗人食指《相信未来》的诗句"当蜘蛛网无情地查封了我的炉台/当灰烬的余烟叹息着贫困的悲哀/我依然固执地铺平失望的灰烬/用美丽的雪花写下：相信未来"，在我脑海中反复闪现。

在深山里辗转了五天的我们，驱车来到贺州市平桂区，走进了贺州市超群实业有限公司。该公司为苹果、小米、联想、戴尔等世界500强企业生产电脑包、箱包、旅行袋等产品。我们找到公司的扶贫车间，看见门口贴着一张"光荣榜"，榜上写着10名优秀员工的名字，名字后面是员工上月的收入，分别为8000～10000多元不等。在这张榜单上，并没有凤增贵的名字，我隐隐有些失落。

车间内十分嘈杂。一眼望去，满眼皆是缝纫机和待加工的箱包，每台缝纫机前都坐着一位工人，正紧张而忙碌地埋头干活。我们向车间主任说明来意后，他引领我们找到一位女性，她便是凤增贵的妻子凤金留。尽管她戴着口罩，但我仍能从她充满善意的眼神中看出她不大的年纪，以及内心充溢着的满足。她将我们带到一位青年面前，

"他是我老公。"凤金留腼腆地说。我们自我介绍后，凤增贵微笑着起身，离开缝纫机，带我们前往相对安静的食堂。此时正值上午10点多，食堂内无人就餐。

紧随在凤增贵身后，见到他迈步的一瞬间，我不禁有些愕然：他的身材极为瘦削，走路时微瘸。我无法看清他的腿疾，却能清晰地看到他形同鸡爪的手，他的两只手从食指到无名指都呈90°弯曲。几分钟后，我们到达食堂，我的心路历程却好似跨过了几十年，这样一个土瑶青年，一定经受过常人无法想象的遭遇。

我斟酌着如何提问才不至挫伤他的自尊心，他却大方地开始讲述他的经历。

2003年开始，凤增贵在狮东村大冲教学点担任民办教师，每天步行两个多小时去上课。2017年后，妻子也在学校食堂工作。他们有两个孩子，一家人其乐融融。就在他以为可以安稳地继续当老师时，2018年6月，没有教师资格证的凤增贵却同其他民办教师一起被清退。这对于他、对于他的家庭，无疑是个致命的打击。为教育事业贡献了十几年的青春，突然被辞退，工作和生活全无着落，一家老小等着吃饭，怎么办？家中的妻儿老小，他这副羸弱的肩膀，又如何能够挑得起？

像其他村民一样在山里干活，种茶树、种生姜、种杉树吗？可他的身体根本无法承受长时间的体力劳作！去城里找工作吗？他是先天性的残疾人，手与脚都不太灵便，若找普通工作，身体过不了关。究竟该何去何从？凤增贵十分茫然，一次次在家门前的大山里徘徊。

所幸，天无绝人之路。村里的扶贫干部向他宣传易地扶贫搬迁政策，搬迁的村民可享受就业、就医、就学、社会保障等。他心有所动，可又有所顾虑。迁到城里，一家人靠什么生活？

苦心人，天不负。2018年9月，凤增贵顺利通过贺州市超群实业有限公司的招聘，正式到公司上班。他通常一天工作8小时，工厂订单多时，他主动要求加班，每月可以领到三四千元工资。

他主动将那双畸形的手展示在我面前，微笑着告诉我："这双手可以提得起二三十斤重的东西，也可以支撑得起一家人的生活。"

1个多小时的讲述过程中，凤增贵脸上自始至终绽露着真诚的笑容。他的脸上，看不出一丝愤世嫉俗，言语中也从未抱怨世道的不公。

若非他的提醒，我已经完全忘记了他是一名残疾人，他的心态非常健康。采访期间进来一位工人，好奇地盯着他，又将关注点放在了他的手上。凤增贵淡然地说："其实我早就已经习惯了。"

在乡村担任民办教师时，他曾受到过家长的质疑与指责，他不急不恼，耐心地说服家长，最终得到家长们的一致认可；在工厂上班时，他也曾遭遇过同事的同情或怜悯，他一笑而过，不卑不亢地做工，不惧他人异样的目光。

他感慨地说："能拥有现在这样的生活，我非常知足。我有两个孩子，还有一个好老婆，我们村里有些人还娶不上老婆呢。"

凤增贵提到妻子凤金留时，一脸掩饰不住的幸福。后来，我电话采访凤金留，她回忆起两人这十几年来的经历时，激动万分。

"我们是在2003年认识的，他来我们小冲教学点做代课老师的时候，我们瑶山还很落后，没手机没信号，联系不方便，想见他只能去学校旁边看他。后来，我们就慢慢地成了男女朋友。他比我大7岁，而且还是一个残疾人，但我不在乎他的身体和年龄，我觉得他是一个比较老实的人。当时我妈也不太同意我跟他在一起，我爸在我才3岁时就离开了这个世界，妈妈是我最亲的人。可我不听我妈的意见，第二年就坚决地嫁给了他。每天，他去学校上课，我去山上干农活。他家并不富裕，但我愿意跟他过一生一世，只要他爱我就足够了，其他的都不重要。他的两个哥哥都已经分家了，公公婆婆跟我们一起住。2005年，我们有了孩子，那时候家里非常困难，连摩托车都买不起，孩子小时候经常生病，一旦生病，就要背着孩子走15公里到镇上的沙田卫生院看医生，看完病又背着孩子走回家。记得有一次孩子得了肺炎，医生建议住院治疗，可被我拒绝了，我想，住院可要花几千元，我就跟医生说住院是住不了的，但孩子的病是一定要治的，我可以每天带孩子到医院打针、吃药。医生说：'最少要一个星期打针、吃药才能有效果，你这样来回跑能坚持得住吗？'我坚定地点点头。就这样，早上6点多，我就背着孩子出门，晚上七八点才回到家。那时候真的觉得很累，很累，但我不怨天怨地，只要一家人健健康康地在一起就好。

"我比我老公胖，力气也比他大，每当周末或假期我们一起外出干活，重的东西都是我带，只让他带轻一点的。有一次家里快没米下锅了，我就跟他去砍些竹子卖，他这个人有点笨手笨脚的，连绑竹子都不会，每次我都帮他捆绑好。他笨笨的样子也蛮可爱的。我扛的是一百斤多一点，他扛的是几十斤。他人很瘦小，我不想让他太劳累了，怕他的身体吃不消。直到2017年，老公所在的教学点招我去饭堂做饭，那时候日子好过一点了，月工资有1500元，我老公也有1500

元，两个人的工资加上政府补助的一个月几百元的低保，日子过得稍微宽裕些了。孩子一天天长大了，病也少了，我们的日子就轻松多了。

"更大的好消息还在前头等着我们。政府有一个好政策——凡是贫困户都可以搬迁到平桂区'老乡家园'，一听到这个好消息，我们就申请了一套房子，120平方米。2018年底，我们一家四口从大瑶山搬迁到了'老乡家园'，我们搬迁的原因就是为了改变一下在山里的贫困生活，也为了两个子女的前程着想，不能祖祖辈辈待在大山里一直穷下去。现在我们夫妻俩都在贺州超群实业有限公司上班，两个人的月工资加起来有六七千元。相信我们往后的日子会越过越好。"

凤金留质朴的话语，令人异常感动。这样一对平凡的夫妻，过着平凡的日子，却一起相扶相携走过了不平凡的道路。

凤增贵还向我们谈及十几年前他结婚的趣事。土瑶男女双方经过恋爱确定结婚时，一般会举办为期两天三夜的婚礼，男女双方的亲戚到齐后，独具特色的婚庆长桌宴酒就开始了。眼看要办长桌宴了，可凤增贵家的猪肉不够，米、油也不够。怎么办？借！凤增贵向邻居借来猪肉、酒、米、油等，这才得以顺利成婚，将凤金留风风光光地娶进门。

从山村到城市，从70多平方米的泥土房到120平方米的楼房，从贫困户到小康之家，凤增贵家翻天覆地的变化，发生在不到三年的时间内。他脸上始终洋溢着微笑，那笑容有几分腼腆，又包含几分满足。我面前的凤增贵，不是工厂最优秀的员工，却是一个始终以积极乐观的心态活着的优秀的人。

　　凤增贵说："只要不懒，就不愁吃穿。"说话时，他凝望着前方，那目光笃定而坚毅。

　　凤增贵的工厂采用计时制计算工资，我们不宜占用他太多的时间，便仓促道别。他迈开双腿，甩着双臂，从容自信地走向车间。望着他的背影渐渐远去，《相信未来》一诗再次在我脑中浮现：

<blockquote>

我要用手指那涌向天边的排浪

我要用手掌那托住太阳的大海

摇曳着曙光那枝温暖漂亮的笔杆

用孩子的笔体写下：相信未来

……

朋友，坚定地相信未来吧

相信不屈不挠的努力

相信战胜死亡的年轻

相信未来，热爱生命

</blockquote>

"老乡家园"见老乡

在平桂区的"老乡家园"小区，我们见到了平桂区鹅塘镇明梅村村民赵火胜。赵火胜正是我们前文提到的身兼明梅村明梅茶厂厂长和贺州市瑶医瑶药非物质文化传承人二职的赵金安的哥哥。

赵火胜的家收拾得整整齐齐，客厅里摆放着两张沙发、一张餐桌、几把椅子。大孙子正在沙发上玩玩具。2019年8月底，他的大儿媳又生了一个胖小子，成为家里最小的"移民"。准备好晚饭的食材后，赵火胜说，待会他还要去附近的菜市买几样凉菜，这样更有过节的气氛。

"老乡家园"靠近广西碳酸钙千亿元产业示范基地，教育和医疗设施齐全，为贫困群众的生产生活提供了基本保障。在搬进"老乡家园"之前，赵火胜做梦都想不到自己能住上这么好的房子。他是残疾人，之前住在鹅塘镇明梅村的老房子里，房子建在斜坡上，四面都是山，冬天的时候彻骨的冷。为了生计，他曾做豆腐、酿酒、养猪、种杉树等，但一家人的日子仍过得紧巴巴的。

"条件稍好点的人家都自己搬走了，剩下的是一穷二白的。"除了恶劣的天气和居住环境，更让赵火胜头疼的是出行，前些年虽然修了水泥路，但从村里到镇上骑车还是要一个多小时。

赵火胜是土瑶聚居区第一批搬进"老乡家园"的人，他希望一家人能在新家里团团圆圆、和和美美地迎接美好的新生活。

同住在"老乡家园"的土瑶村民盘水金正从市场往家走，手里提着刚刚买回来的菜。五一劳动节当天，他早早去市场买了两个小孩最喜欢吃的菜，准备在新家给家人做一桌好饭菜。

走进盘水金的新房，两个火红的灯笼挂在墙上，显得特别喜庆。"这是前两天儿子学校老师教他做的手工，没想到他的手那么巧。"提起儿子现在的表现，盘水金脸上洋溢着幸福的笑容。他的儿子今年7岁多了，在"老乡家园"附近的学校上学，最近还学会认不少字，性格也变得开朗了许多。

盘水金是沙田镇金竹村人，从前他上学的时候，每天要走三四十分钟的山路才能到学校，如今他的儿子四五分钟就能走到学校。学校里不仅有宽敞明亮的教室，还有篮球场、运动场、图书馆，让盘水金特别安心。他希望小孩能接受好一点的教育，将来在城里找到不错的工作，不要像他一样，因为贫穷而没上几年学，只能做苦力和打零工。

沙田镇金竹村的邓亚坛搬到"老乡家园"后，他的两个儿子也转到了文华学校上学。"之前为了小孩读书，我们一家人在羊角山租房子住，开销很大，压力也大。"邓亚坛说，他家一共7口人，妻子负责在家看孩子，父母年纪又大了，全家人生活的重担都落在了他一个人身上。搬到"老乡家园"后，政府帮他找了一份在粉体厂的工作，每个月有3000多元的工资，切实解决了他最大的难题。

"工作苦一点累一点都没关系，只要一家人生活在一起，孩子们能接受良好的教育，我就已经感觉非常幸福了。"邓亚坛说。他还打算学一门技术，找一份更好的工作，让家里的经济更加宽裕一些。

赵火胜、盘水金、邓亚坛等土瑶村民切身感受到，只有易地扶贫搬出大山，土瑶同胞才有更多的希望。

按照现行的易地扶贫搬迁政策，平桂区安置房建设采取"农户自筹＋政府补助"的模式，按照人均住房面积不超过25平方米的标准，设计了50、75、90、120、140平方米的多种户型供搬迁户选择。只要是建档立卡的贫困户，每户按人均2500元缴费，再签订旧房拆除协议就能住进新房。两年内按期拆除旧房的贫困户还能获2万～5万元奖励。"老乡家园"项目拟建房4440套，已基本完工，水电全通并达到入住条件。

平桂区6个土瑶村的第一书记及村干部正按照"50%贫困户通过易地扶贫搬迁脱贫、50%贫困户就地发展产业脱贫"的思路，全力推进土瑶村的脱贫攻坚工作。但推进的过程中仍遇到不少阻力，在如此优惠的政策下，部分土瑶聚居区的贫困户仍然持观望的态度。

"有些村民嫌弃移民安置点房子太小，有些觉得城里空气不好，还有人担心搬出去以后老房子被拆掉……"沙田镇狮东村原第一书记王鹰鹏说，"在易地扶贫搬迁方面，贫困户顾虑重重。"

狮东村只有一条险峻狭窄的山道通向外界，离城区有近3小时的车程。由于长期生活在闭塞的环境中，贫困户缺乏脱贫的能力和信心。

盘土连一家12口人挤在一间90平方米的泥板房里，家里虽有6个劳动力，但却严重缺乏技能，只能上山砍树除草打山工。但打山工的收入并不稳定，受季节和天气影响，一年最多只能做6个月，家庭收入极低。

"有些贫困户观念落后，需要多花时间做思想工作。"王鹰鹏说，"对贫困户一定要有耐心，一次上门不成就去第二次、第三次，甚至更多。"

2018年4月才到狮东村担任第一书记的王鹰鹏，已经接连到盘土连家做了三次搬迁动员工作。"他不是不想搬，主要原因还是没钱。"王鹰鹏说。按照现有的政策，易地扶贫搬迁户按人均2500元缴纳费用，盘土连家12口人共需要缴纳3万元，拿到新房后还要装修，这笔钱他家里实在是拿不出来。

住在离盘土连家不远处的盘观桂一家也在犹豫。盘观桂最大的顾虑是搬出去后不知道干什么。

王鹰鹏说："困扰狮东村贫困户搬出去的原因主要有两个，一是拿不出入住和装修的钱；二是搬出去以后不知道干什么，怎样维持生活。"他先后在两个土瑶村担任过第一书记，对土瑶群众非常了解。"如果能动员一部分人先搬出去，其他贫困户看到效果了，相信他们也会很快搬出来的。"王鹰鹏说。

而其他地方一些脱贫致富主动性强的村民，他们现今的情况大不一样。

今年35岁的韦炎梅一家之前也是贫困户，她家共6口人，原来一起挤在一间几十平方米的泥瓦房里。2016年，全家从村里搬到"老乡家园"后，她立即参加政府组织的技能培训班，培训结束后顺利进入"老乡家园"物业公司工作，每月工资1500元，丈夫也安心在外打工，日子过得一天比一天好。

易地移民搬迁入住新居

为打消移民搬迁户"下山无田可种，生活没有保障"的顾虑，平桂区制定出台移民产业规划和就业优惠政策，依托贺州市石材会展中心、平桂扶贫移民创业园、平桂黄金珠宝产业园等基地和园区，让移民搬迁户在产业发展中增收受益。在离安置点不远的广西碳酸钙千亿元产业示范基地已吸纳20多家福建、广东等地的企业进驻，可吸收大量的劳动力。同时，结合移民搬迁户家庭情况及个人特长、意愿，组织开展个性化职业技能培训，鼓励搬迁群众自主创业，并在工商登记、财政支持、金融信贷、税收减免等方面提供帮扶服务。

为确保移民搬迁户"稳得住、不反流"，平桂区坚持同步建设学校、医疗卫生服务中心、便民服务中心、农贸超市等设施，同步引入物业管理。从搬迁的土瑶贫困户中选出政策掌握能力强的代表，带头做好政策宣传、社区管理、矛盾调解和就业创业等工作，同步完善社区综合服务中心、警务室、移民协会，提升社区治理水平和群众满意度。

在来自沙田镇金竹村鸭尾屯的土瑶村民盘春贵家里，90平方米的房子装饰一新，现代化的智能冰箱、洗衣机、液晶电视等一应俱全。电视机上方，贴着习近平总书记的画像。他告诉我们："2017年冬，村里大雪封山，山上的电线被积雪压断，山泉水也结冰了，一家人住在狭窄的土坯房里，饥寒交迫。可我们总得吃饭、活下去呀！于是我骑摩托车载着两个小孩往山外跑，哪知雪地路滑，我们三个人摔了下来，幸好没伤着。从那天起，我就发誓一定要搬出大山。刚好遇到这么好的政策，我二话不说第一个报名搬迁！"如今，36岁的盘春贵在平桂城区一家建材厂工作，开三轮车送建材，妻子赵妹晚在离家约500米的汽车美容店工作，夫妻俩每月收入合计近5000元。盘春贵脸上写满知足："我儿子12岁，女儿10岁，都在小区门口的文华学校上学，只需要四五分钟就能走到学校。我们一家人现在都是城里人了，再也不用担心大雪封山了。"

赵妹晚同样乐得合不拢嘴："小叔盘水金一家连同老人也一起搬迁出来。他们夫妻俩都由政府安排了工作，奶奶接送小孩上下学，很方便。"兄弟俩住上下楼，两家人经常幸福地聚在一起，其乐融融。盘春贵由衷地感慨："幸福不忘共产党！过上好日子感谢习总书记！"

几年前，他们的生活可是与现在的大相径庭，那时他们住的是茅草树皮房，四面透风，家里没什么家当，耕种一年的收成，勉强够糊口一个月；孩子上学要爬狭窄的山路，一走就是几个小时。甚至在这之前他们都没有进过城。

截至2020年8月底，土瑶村已有294户1896人搬迁进了配套设施完善的安置点。但是，土瑶同胞祖祖辈辈住在山里，文化程度低，思想偏保守，加上对搬迁后的就业、生活顾虑重重，即使拿到了新房钥匙，他们也未必肯挪穷窝。

"确保每个贫困户至少一人就业，让老百姓搬得出、住得稳、有收入、留得住，是我们首先必须充分考虑的。"贺州市委书记李宏庆在全市脱贫攻坚工作会议上指出，继续抓好平桂土瑶聚居深度贫困村的脱贫攻坚，要全力加强易地扶贫搬迁的后续扶持，强化产业配套推进，加强就业创业扶持，强化搬迁后的管理和服务，把提高脱贫质量放在首位。

在超群实业有限公司的工厂里，我看到包括沙田镇狮东村的凤增贵夫妇在内的数十名工人，正在忙碌地赶制印有"小米"字样的斜挎式休闲包。"公司为小米、苹果、戴尔等知名品牌生产箱包，去年'双11'就销售了1.32亿元。"总经理张福国说，这个厂2018年4月洽谈，6月即投产，招收了160名工人，一半是贫困人口。

"现在就业有了着落，我准备年底前就搬进新家。"来自沙田镇新民村的28岁女工赵亚英说。

看到搬迁出来的土瑶群众都可以在城区务工，收入比以前更有保障，孩子可以在城区上学，接受更好的教育，新民村的瑶胞邓满养非常羡慕与动心，主动提出搬迁。

平桂区还成立了扶贫移民服务中心，土瑶群众凭一张身份证即可享受就业、就医、就学、社会保障等"一证通办"服务。

　　随着"老乡家园"周边的各种基础设施日趋完善，产业园区、扶贫移民创业园、贺州市石材会展中心等的加快建设，周边的中心医院、社区医院、高中、初中、小学等便民服务设施更是越来越完善齐备，一个综合服务功能齐全、生活环境幽雅、和谐稳定的现代社区正以亮丽的姿态展现在人们面前，真正成了搬迁乡亲生活的乐园、创业的福地。

　　土瑶的父老乡亲们，更好、更甜的日子还在后头！

扶"危"济困，转"危"为安

部分土瑶群众欢欢喜喜地搬进"老乡家园"，开始崭新的生活。对于另一部分不愿意搬迁的群众，平桂区采取企业赞助、农户投工投劳和村民互助互帮等方式，降低农民的建设成本，加快危房改造。截至2019年6月30日，已完成229户危房户、无房户的农村危房改造和新建住房工作，大大提高了土瑶村民的幸福指数。危房改造工作是"两不愁三保障"目标任务的重要组成部分，更是决战脱贫攻坚的关键一环。

2020年6月16日，贺州市委常委、政法委书记韦升安到平桂区沙田镇狮东村调研督战脱贫攻坚住房安全保障工作，重点了解贫困群众危房改造进度和入住情况。他强调，要抓好抓实抓细工作，紧盯脱贫攻坚时间节点要求，全面完成住房安全保障工作目标任务。平桂区委书记赖春忠陪同调研。

调研期间，韦升安一行先后来到沙田镇狮东村田厂屯、大冲屯和小冲屯，实地走访了多位贫困户，详细查看他们新建或在建房屋，了解危房改造户家庭基本情况和危房改造建设进度，仔细查看新建房屋的结构和质量，并与贫困群众交谈，了解他们的入户居住需求、住房资金补偿是否到位等情况。韦升安还面对面向贫困户讲解脱贫攻坚"明白人"政策，叮嘱贫困户要明白家底、明白政策、明白脱贫、明白感恩，增强群众对脱贫攻坚工作的认可，持续巩固和扩大脱贫成果。

韦升安在调研中指出，农村危房改造工作涉及面广、工作量大、时间紧迫，事关困难群众的切身利益，事关全市精准脱贫的工作质量，是保障困难群众住房安全的迫切需要。他要求，各级各部门要压实工作责任，列出时间表，倒排工期，挂图作战，保质保量加快危房改造建设进度，确保群众按时入住。要集中攻坚、形成合力，保开工、保进度、保质量、保安全，确保如期完成住房安全保障扫尾工作，切实把民生好事办好、办实。同时，要用好用足拆旧复垦政策，结合实际做好规划，引导群众积极参与，做到危房改造与拆旧复垦工作的有效衔接，协同并进，确保顺利打赢打好脱贫攻坚战。

平桂区的危房改造补助标准是，对农村危房改造一般贫困户平均补助1.85万元/户，建档立卡贫困户危房改造补助标准根据管理区实际制定分类补助标准，最高补助不高出危房改造户平均补助的60%。

危房改造应执行"三最两就"原则，"三最"即优先帮助住房最危险、经济最贫困农户，解决最基本的住房安全问题；"两就"即采取就地、就近重建翻建的改造方式。

在精准脱贫中，住房安全有保障，是"两不愁三保障"的一项重要任务。低保户、农村分散供养人员、贫困残疾人家庭"三类人员"的危房改造，目前已基本竣工验收。

一位土瑶村民说，从曾经的草房到瓦房，再到住进今年上半年建好的这栋水泥暖心房,生活越来越有盼头、有奔头,在外打工的儿女也愿意经常从城里回来住。同村的另一位村民在得到危房改造补助后,自己买砖建房,只用2个月的时间就把新家建了起来。还有村民将自己的房子"改头换面",现在住着的房子不仅比原来的土墙房舒服,还安全。

与此同时,自治区、市、县(区)、乡(镇)、村五联级多次定期或不定期召开专题土瑶聚居深度贫困地区脱贫攻坚推进工作会议,会议制定每月需完成的任务,把任务列入年度绩效考核中,对各项工作任务进行倒排工期表,并要求在每个月8日前报送上个月的任务开展进度情况报表,对没有按时完成任务的责任单位、领导进行通报,对工作严重拖延的单位进行约谈。强化落实"八包"责任制,把工作责任落实到该区四家班子领导。平桂区直属单位、乡镇主要领导负责抓,明确建设项目、责任单位和时间要求,层层自我加压,要求把三年基础建设任务提前到2019年完成,确保土瑶聚居深度贫困地区脱贫攻坚工作真正取得实效。2019年投入到6个土瑶村的项目(含预下达项目)共89个,计划总投资约7883.9万元,已下达资金2391.2万元。其中,计划投入5906.5万元修建道路项目65个共99.64公里;计划投入494.2万元修建桥梁项目14个共159延米;投入730.4万元修建人饮项目5个;投入660.3万元修建水利项目3个;投入92.5万元新建其他项目2个。此外,力争在土瑶聚居区实施村村通宽带、处处可上网工程。如今中国移动公司已在土瑶村建了3个基站,项目总投资60万元,已顺利开通了沙田镇金竹村鸭尾寨、狮东村石岔片的网络宽带。

鹅塘镇槽碓村虽然位于深山腹地,但是走进村里,入眼的是干净整洁的小庭院、崭新的村部楼、宽阔的小广场，这些都让人眼前一亮，昔日破败的小山村，逐渐变成了洋气的新农村。

近年来，槽碓村扎实抓好路、桥、水利等基础设施建设，实现行政村通水泥路及自然村通公路、通电、通卫星电视、通无线通信信号"5个100%"的目标。为防止返贫致贫现象的发生，2019年6月，平桂区对疑似返贫致贫预警对象进行了排查，确保在脱贫路上不让一个土瑶群众掉队。槽碓村村民盘留贵因孙子残疾，自身患有慢性病，家中贫困，在这次排查中其低保等级由C类调成B类，每月增加低保金420元。

槽碓村第一书记陀东告诉我，2019年槽碓村投入了200万元建设新村部大楼和村级活动中心，如今村民每晚都会到小广场散散步、唱唱歌、跳跳舞，相比以前"喝点小酒、看会儿电视"的单调文娱生活，村民的幸福指数节节攀升。

如今的土瑶村，山路蜿蜒但平坦平整，一幢幢崭新的民居分布在高耸挺拔的杉树间，偶有炊烟升起，一幅美丽的田园山水画卷展现在眼前。

妙手仁心护瑶寨

从前的土瑶村，没有配备专门的医生，土瑶群众一旦生病，一般是找些草药治疗，如果治疗无效，家里又没钱，就只能听天由命了。

因病致贫仍是造成平桂区土瑶人口贫困的主要原因之一，也是打赢土瑶脱贫基本医疗保障战役的主攻方向。近年来，平桂区致力抓好公共基本医疗保障，不断改善土瑶聚居深度贫困地区的医疗条件，扎实做好土瑶贫困人口家庭医生的签约服务，组织村医开展土瑶村坐诊、巡诊，让健康扶贫挺进瑶山"最后一公里"。

平桂区始终将"谋人民健康之福、解群众疾病之苦"作为卫生健康系统的使命，让土瑶聚居区的医疗"硬件"设施逐步得到改善，但在医疗人才资源、医保报销等"软件"服务方面仍存在短板。为提升土瑶聚居区的医疗卫生服务能力，平桂区创新工作机制，找准四个突破口集中攻克。

首先，加强基层医疗卫生机构的基础设施建设。平桂区投入925万元资金，支持土瑶聚居深度贫困地区的乡镇卫生院业务用房建设。加强村卫生室的基础设施建设，已开展6个卫生室新建项目或修缮工程。

其次，加强村级医疗服务能力建设，通过村医委培储备生力军。

将村医委培工作列入《贺州市平桂区"土瑶"聚居深度贫困村脱贫攻坚三年行动方案》，确保通过定向培养，每个村卫生室至少有一名乡村医生。主动联系土瑶村第一书记，共同动员和遴选本土适龄青年参加村卫生室定向医学生培养，并将土瑶村完成九年制义务教育的孩子全部列入培养范围，应纳尽纳。动员土瑶聚居区适龄青年到医学院校学习涉农医学专业。选派优秀医务工作者到土瑶聚居区村卫生室开展坐诊和巡诊，缓解基层医疗卫生服务能力薄弱难题，并为每个村卫生室至少配备一名乡村医生。同时，明确土瑶村卫生室村医待遇，在每月2000元工资的基础上，还为其办理养老保险。2018年以来，平桂区定向委培村医74名，其中土瑶聚居区3名。

再次，聚力谋发展，推行"乡聘村用"制度。加强土瑶村医保障，实行"乡聘村用"，在卫生院基金经费中单列专项经费。土瑶村的乡村医生由当地卫生院按照"六统一"（行政、业务、人员、药械、财务和绩效考核的统一性管理）要求，实行乡村一体化管理。完善基层医疗卫生机构激励机制，出台激励政策，允许基层医疗卫生机构灵活使用结余资金。完善家庭医生签约服务激励机制，同时提高各级财政基本公共卫生服务补助标准，提升土瑶聚居区基层医务人员的薪酬保障水平。鼓励乡镇卫生院的医务人员到土瑶聚居区村卫生室工作，在保留其原工资待遇和绩效的基础上，另行发放奖励补助，并优先考虑职称和晋升。此外，还定期安排医务人员到土瑶村开展坐诊、巡诊工作，开展婚育新风的宣传工作，提供家庭医生签约、基本公共卫生等多项服务。2019年，平桂区深入土瑶村开展医疗卫生服务活动18次，签约常住贫困人口6054人，办理门诊特殊慢性病卡的有

324人。

最后，聚心解民忧，覆盖"村医通"便民利民。平桂区在土瑶村全面开通"村医通"结算设备，依托互联网技术，切实打通了乡村两级医保报账通道。土瑶村民问诊看病时，村医可运用"村医通"直接从医疗业务系统开具药品清单、打印结算清单，与平桂区医保中心进行实时结算，让参保群众享受到门诊报销政策。自"村医通"推行以来，土瑶村民和村医都深切感受到移动支付、医保即时结算的便利。对于行动不便的患者，村医背上设备、带好单据等即可上门服务，患者在家就能就医和报销，切实打消了土瑶群众"看病贵、报销难"的顾虑，也为实现患者"小病不出村、常见病不出镇、大病不出县"的目标打下了基础，兜起了"大健康"的保障之网。

沙田镇狮东村村民盘留引，身体残疾，办理了农村低保却没有残疾证，狮东村原第一书记王鹰鹏全程带着他跑了业务部门和医院，最终办好了残疾证和低保。村民赵留仙生病多日，丈夫年老，孩子在外地务工，王鹰鹏到她家看到这种情况，就带她到广济医院就诊。根据病情她需要住院，王鹰鹏又帮她办好住院手续，并等到她的孩子来接替时他才离开。村民凤春娘是极度贫困户，本身患有大病，儿子又离家出走，只剩下两个十多岁的孙子，家中没有劳动力，没有任何经济来源，王鹰鹏不仅帮她办好了低保，还经常到她家送油送米，并积极联系社会爱心企业和热心人士进行帮扶。

沙田镇金竹村的村医袁德朝，只要一有空，便会穿上印有"平桂区家庭医生"标识的绿色马甲，背上白色药箱，奔走在村里。他是金竹村185户贫困户的签约家庭医生，除日常在村卫生室坐诊外，平时他都会入户巡诊，将基本医疗服务送上门，让土瑶村民小病不出村。

鹅塘镇明梅村明梅茶厂厂长赵金安，也是一位村医。他是第四代瑶医。瑶医瑶药作为民族文化的重要遗产和祖国传统医药的重要组成部分，正在持续为各族人民的健康做出贡献。为了传承瑶医瑶药，赵金安曾赴玉林陆川中西医结合学校进修，苦心钻研医术，如今已成为一位医德高尚、技术高超的瑶医。

平桂区还给村医配备了"村医通"，该设备具备费用录入、医疗清算、村医备案查询等10多项功能，既为村医的管理提供了便利，又让土瑶患者的医保报账更加便捷，患者在村里就医后便可立即刷卡支付、报销诊疗费用。金竹村村民黄亚旺说："以前从我们这里到沙田卫生院看病要一个多小时，现在只要拿身份证号到村医那里，用'村医通'就可以报账，看病方便多了。"

据平桂区卫生健康局局长刘春秀介绍，为提高土瑶聚居深度贫困地区的医疗卫生服务能力，平桂区正加快推进沙田镇和鹅塘镇卫生院业务用房扩建项目建设。现在6个土瑶村的卫生室已投入使用，并在平桂区率先试点城乡居民医疗保险网络直报，新农合可直接在村卫生室报销，从源头上有效地解决了边远地区贫困群众"看病难、报销难"的问题，进一步提高了土瑶群众在医疗保障上的便利。

土瑶人民的经济发展了，村民的生活富裕了，看病也有保障了。土瑶久居的深山，再也不是被遗忘的角落！

第五章

血脉相连，鱼水情深

瑶寨现在已成为我的第二个家，把土瑶村民带上脱贫致富奔小康的道路，是我义不容辞的责任。

勇立"军令状"的先行者

狮东村是深度贫困土瑶村，是脱贫攻坚战中最难啃的"硬骨头"。山高林密，基础设施建设滞后，群众内生发展动力不足等导致村里生产生活条件极差，基层组织建设和村级集体经济基础十分薄弱，脱贫攻坚任务相当艰巨。因此，平桂区将狮东村作为"选派党组织书记"先行试点，将优秀干部选派到村中担任党支部书记，引领村"两委"班子开展基层党建、脱贫攻坚、乡村振兴等各项工作，带领村民奋力实现脱贫致富的梦想。

赵万兴原为平桂区羊头镇党政办公室主任。2019年7月，他主动请缨，并通过组织考核，被选派到沙田镇狮东村任党支部书记，肩负起上级党委、政府寄予重任的同时，也扛起了全村人对美好幸福生活的期望。

"狮东村现在已经成了我的第二个家，我的第二故乡，把狮东村村民带上脱贫致富奔小康的道路，是我义不容辞的责任！在此，我用四句话向在座的各位领导和同志们表明我的信心、决心——我用初心守狮东，堪当使命终不悔，付出辛劳不言苦，他日脱贫尽开颜！"在贺州市基层党建工作第四次调度会议上，赵万兴信誓旦旦地向与会领导立下了"军令状"。

"疫情要防控，春耕也要抓，只有产业发展起来了，脱贫致富才有希望。"2020年春节后，疫情期间村民不能外出务工，不做工就没有收入。村民急，赵万兴更急。但再急也不能慌乱，村民的事儿，赵万兴运筹帷幄。他动员村民们尽快谋划好全年种植什么作物，并提前砍山、炼山、锄地、整地，只等时节一到，便开始种植。

3月适合种生姜。2020年3月31日前种植生姜并完成验收的，特色产业补助标准提高50%；4月1日至6月30日前种植生姜并完成验收的，特色产业补助标准提高30%。农户们纷纷自觉种植生姜，希望可以卖出一个好价钱。

除了种植生姜，赵万兴还和村"两委"商量，何不发动村民来采摘村集体两个茶园的茶叶？这样可以为无法外出务工的村民增加收入，村民采摘茶叶一天能收入80～150元。土瑶产出的茶叶因为品质好，甚为畅销，有外地的商户专程前来收购，村民还可以炒制自家的茶叶，卖茶叶又有一笔比较可观的收入。

在美丽的瑶山上，几位六七十岁的老奶奶带着不足10岁的小孙子，一老一小正忙碌地采茶。这温馨的一幕被赵万兴看在眼里，他心中百感交集，又倍感欣慰。

孩子们读书升学的事，赵万兴也需要操心。2019年6月，狮东村白虎片的冯冰冰即将初中毕业，她不知未来该如何抉择，是继续读高中，还是读中职？冯冰冰的母亲赵土娘觉得村里的驻村干部有知识有文化，也许能给女儿更好的建议，便去征求了当时任第一书记的赵万兴的意见。赵万兴综合了解冯冰冰平时的成绩及表现后，分析出她若继续读高中，将会面临较大的压力，建议她读卫校，原因是国家对农村医疗非常重视，而土瑶缺乏本村的医生，她如果能拥有医学的专长，毕业回来后容易就业。同时，赵万兴还联系贺州市平桂区卫生健康局的领导，向领导反映了冯冰冰的情况，领导非常重视。不久，冯冰冰顺利就读于桂东卫生学校，实现了自己的梦想。赵万兴听闻此消息，也松了一口气。他默默地祝愿这个土瑶女孩未来的路能够走得更顺畅。

狮东村党支部书记赵万兴在与土瑶群众交谈

赵万兴和狮东村村民打成一片，提起村民的事，他如数家珍。

2020年3月，村里下了一场暴雨，造成山体滑坡，赵万兴动员农户一起清理道路两旁的淤泥，以保障道路的安全。暴雨同时还令小冲片的邓土养老人的房子岌岌可危。邓土养今年90岁了，十分恋旧，喜欢住在老房子里，但老房子年久失修，他的儿子和儿媳妇劝说他搬去同住，邓土养都无动于衷。赵万兴摸排到邓土养家时，极力动员他搬迁，老人很爽快地答应了，第二天就搬到了儿子家。

赵万兴担心老人反悔又搬回老屋居住，很快他便带人拆除了老人原来住的这幢危房。

老人的儿子邓春成打趣道："我爸只听你们的话，不听我的。"老人每次见到赵万兴都很高兴，还准备杀鸡邀请赵万兴等村干部、驻村工作队员吃饭。赵万兴每次都答应了，但一次也没有真正去吃过。

除了邓土养家，村里还有18户的危房有待改造。自2019年初开始，至2020年3月，赵万兴多次劝说村里的邓第胜尽快挑个好日子进行危房改造，整个村只剩他这一户没有同意进行危房改造。瑶族的老房子里有祖宗牌位，村民不希望随便动祖宗的牌位。邓第胜以日子不好等各种理由进行搪塞，一直拖延到2020年初，称还是找不到好日子。赵万兴苦口婆心地说，今年是脱贫攻坚的收官之年，再不改造，以后就享受不到这个政策了。赵万兴还动员邓第胜的妻子、女儿和大舅，合力劝说他不要错过最后的时机。终于，邓第胜同意危房改造。同时，赵万兴还尊重他的建议，将改造的日期定在4月中旬。

终于"啃下来"最后一户，赵万兴心里的一块石头方才落了地。

解决了危房问题，赵万兴还帮建档立卡贫困户凤水连申请低保。凤水连文化水平不高，全家6口人，却只有2个劳动力。赵万兴详细告知他应该准备的材料，帮他查验好后，一次性帮他办好了低保手续。凤水连一家对他感激不尽。赵万兴感慨地说，这几年来，村民的生活和基础设施得到了很大的改善，但不能全靠外派的干部。如果村民的文化意识跟不上，将来的乡村振兴还是会面临困难，因此，村里要多培养本土人才，这个村才有希望。

"80后"的盘满保，之前在外打工，学习了养蜂技术后便回村创业。第一次养蜂，他卖了3窝蜂，净赚了6000元钱。他尝到了甜头后，便开始大力发展养蜂业，如今养了虎头蜂和黄蜂等。他还向赵万兴提出，希望能申请4万元的扶贫小额信贷，以便扩大养蜂产业，同时带动村民一起致富。

"90后"小伙子盘文安是贫困户，文化水平不高，外出广东打工2年后，决定回村创业。他去年养了两批鸡，分别为1000只和1300只。在赵万兴的鼓励下，盘文安今年又增养了1000只鸡。找到了致富的门路，且收入逐年增长，这令他信心倍增，从前胆怯的他如今也敢在村里高昂起头了。

前不久，赵万兴还当了一回"红娘"。

这事还得从10年前说起。邓客观因家庭条件困难，家里没了至亲，便常年孤身在外打工。2009年，邓客观经村民介绍，来到沙田镇宝马村6组，成为当地村民黄新年的养子，同年，明梅村6组村民赵增兰带着两个小孩离开了前夫来到邓客观家，组建了临时家庭。2016年，黄新年去世后，邓客观就扎根下来经营黄新年的一亩三分地，但因他文化水平低，无劳动技能，平时主要靠打一些山工或临时工为生，生活过得相当艰苦。他同赵增兰一起生活了11年，但家庭状况并未得到改善，日子过得紧巴巴的，与周边村民的家境形成鲜明对比。

赵万兴了解到，要彻底解决该户的实际困难，首先得解决其家庭成员的户口问题：因为邓客观的户口是狮东村的，但其实际常年生活在宝马村，而他的妻子赵增兰户口又是鹅塘镇明梅村的，但离开明梅村10多年了，夫妻俩涉及2个乡镇3个村。

　　这事儿难不倒赵万兴。2020年3月31日上午，赵万兴开车到沙田镇政府接赵增兰去鹅塘派出所，协助办理解除其与前夫的事实婚姻关系。当日中午，赵万兴又回到沙田镇，带领邓客观和赵增兰去照相馆拍结婚证件照。下午3点多，赵万兴带两人到平桂区民政局登记、领证结婚，但夫妻两人都是文盲，连自己的名字都不会写，因此，除了婚姻登记表中夫妻俩的名字是他们自己现场模仿填写的，其他的信息都由赵万兴代劳。当天，邓客观和赵增兰顺利领取结婚证书，成为法律认可的夫妻。

　　翌日下午，狮东村白虎片村民凤土生在赶圩回家途中，在桂山村坡湖路段发生交通事故，他骑的摩托车撞到路边的水管，连人带车跌入排水沟中，所幸无生命危险。接报后，赵万兴和狮东村第一书记邱银建第一时间赶赴现场，协调解决相关问题，并于当晚9点多赶到贺州市人民医院看望凤土生，了解其伤情，嘱咐他好好养伤，争取早日康复，并送上慰问金。

　　凤土生的经历，赵万兴也遭遇过。

　　2019年7月1日早上6点，电闪雷鸣，大雨倾盆。当天上午在狮南村有一个竹艺编织培训，上级领导要到现场参观调研。因为暴雨，山区道路随时有塌方滑坡的危险，而参加培训的村民的交通工具只有摩托车，想从大山里出来确实不容易。他们纷纷打来电话，说无法参加培训。为确保竹编培训能顺利进行，赵万兴和狮东村原第一书记王鹰鹏各开一辆小汽车去大冲接送参加培训的村民去狮南村参加培训。看到冒着大雨前来迎接自己的小汽车，参加培训的村民被他们的敬业精神深深打动，说："既然你们冒着这么大的危险，亲自开车到家里来接送我们，那么再危险、再困难我们也要按时参加培训，不能丢狮东村的脸，不能言而无信。"

当他们载着参加培训的村民刚刚离开小冲岔路口转弯处时，一个大滑坡连泥带树截断了整段路，此时滑坡离赵万兴的车尾不足10米远，若是再慢几秒钟通过这里，后果不堪设想。当他们安全抵达狮南村时，赵万兴不禁手脚发软，冷汗直冒，身体不停地颤抖。说实话，土瑶聚居区的扶贫工作真的太不容易、太难了。

即便如此，赵万兴也要迎难而上。他和驻村工作队员一起，继续走在扶贫攻坚的长路、险路上。他全力参与协调推进狮东村大冲瑶寨土瑶风情旅游示范区创建工作，签订租赁土坯瓦房12户，整治拆除木板危房26间，新建土瑶特色木板房10户28小间，示范区项目得以顺利推进完成。经过统筹谋划，精心布置，2020年5月31日，狮东村首家村集体农家乐"土瑶人家"正式开业。与此同时，"平桂土瑶生活展示馆"也即将正式对外开放。

此外，以保护少数民族特色古村落为原则，将大冲瑶寨的土坯老房子改造成民宿。例如，大冲的老房子，根据房子的大小、新旧程度来界定租金，目前村里有10户的土坯房按一幢1500～2000元一年不等给予租赁金。

村屯之间的路互通了，土瑶风情游项目也正如火如荼地建设中。狮东村的大冷水片、小冷水片、石岔片有成片的茶园，沿线有4处农庄，是发展乡村游的胜境。村民们可以开展现场体验采摘杨梅、挖野菜等农家乐活动，售卖土生土长的走地鸡，扩大竹编工艺品的销售，推动竹笋的加工，将瑶山上的一草一木都变成金银财宝，村民也因此过上了殷实的日子。

经济条件好了，精神生活也不能落后。

2019年国庆节，赵万兴及村"两委"干部组织村民集体观看新中国成立70周年阅兵盛典。村民都穿上了土瑶盛装，共同欢庆这个盛大的节日。

同年10月26日，大冲瑶寨开展了"建设美丽土瑶，共筑幸福乡村"的活动。当天，沿路农户的房子门口悬挂起了鲜艳的国旗。村民们欢天喜地走在新铺的石板路上，前往活动现场。上午9点半，沙田镇机关党员、村"两委"干部、驻村工作队员及20名学生代表，在冉冉升起的国旗下，庄严肃立。礼毕，全体人员一起动手，对大冲屯乱堆乱放的垃圾进行了清理，同时清理了河道里的垃圾，狮东村环境面貌焕然一新。中午，大伙儿围坐在一起，吃红薯、玉米、芋头等，享用了一顿记忆深刻的"忆苦思甜饭"，也因此更懂得珍惜如今来之不易的幸福生活。饭后，众人齐聚，召开了一场别开生面的座谈会，针对"怎样才能将土瑶建设得更好"的话题展开讨论，大家畅所欲言。下午5点，大家期待已久的长桌宴开始了。沿路摆起的长桌宴足有200米，蔚为壮观。热情好客的狮东村村民还邀请了邻村的村民一起，各村都争相表演起了精彩的节目。大家一边观看节目，一边喝村民自酿的小锅米酒，并引吭高唱起了土瑶民歌《敬酒歌》。晚饭后，村民还参加了一场热闹的篝火晚会，在熊熊的篝火前，不分性别、无论老幼，大家都手拉着手，放下疲惫，唱啊，跳啊，共庆美好的新生活。

现场一位老人，全程参加完一天的庆祝活动后，满面红光地说："我活了这么大一把年纪，从来没有见到过这么长的长桌宴。"

这位80多岁的老人，每月可以享受50元的高龄补贴和121元的养老补贴。"老有所养"不再是神话，而是发生在新时代土瑶聚居区真真切切的事。

"我将把最真挚的情感投入到工作中，真正把村里的事、群众的事当成自己的事，谋划好'党建＋'文章，做好狮东村党建引领各项事务发展的'宣传员'和'指挥员'，在任期内力求把村党支部带强，把村级集体经济带向富裕，把群众的生活带向美好的明天。"赵万兴的话掷地有声。

脚下沾有多少泥土，心中就沉淀多少真情。赵万兴携着一身风尘，迈开坚定的脚步，一直行走在瑶寨的路上……

一言九鼎的人民卫士

槽碓村第一书记陀东，原是平桂区人民法院的一名法警。2018年初，他主动向组织请缨，希望下到农村锻炼，很快便得到了批准。得知要去偏远的土瑶村时，他内心有些忐忑。从未去过那么远的瑶山，方言、习俗皆不了解，他不知自己能否胜任此项工作。

2018年3月中旬，陀东开着汽车，一路经过无数道蜿蜒的山路之后，终于抵达了鹅塘镇槽碓村。到达村委之后，陀东内心还是有很大触动。进村的路非常狭窄，会车时极其困难。村委的房子很简陋，像一座危房，各项配套设施也相对滞后。但，既然来了，就没有回头路。

进村没几天，陀东就碰了一鼻子灰。

一是水泥硬化路不通，村民出行极为不便；二是网络不通，全村共有9个村民小组，但只有2个小组有网络信号。没有信号的第三至第九村民小组的村民只能固定地去有信号飘过来的山顶或坡顶捕捉信号。当捕捉到信号时，身体不能移动，一转身信号可能就没了。因此，不论刮风下雨，山顶上都会站着一群年轻人，拿着手机以各种姿势上网，这已成为一道奇特的风景。这些捕捉信号的年轻人戏称这里的山顶是"天然网吧"。

土瑶山路崎岖蜿蜒、坡度落差大，这对驾驶摩托车不是特别娴熟的陀东来说是个不小的挑战。环顾四周，除了山还是山，他顿时感到孤立无援。但是越是艰难困苦的险境，越能激发他的斗志，他立志要俯下身子，沉下心来，与土瑶群众打成一片。很快，他就同村干部熟识了。陀东首先想到的是习近平总书记早年奋战在田间地头的场景，与村民同吃住、同劳动是共产党员的优良传统，这也是他了解土瑶村最直接的方式。

槽碓村第一书记陀东入户与土瑶村民交谈

村民对这位新来的第一书记期望很高，故意对他用激将法，说如果路不通，信号不通，你来我家，我连水都不给你喝。陀东说，那如果办成了呢？村民笑着说，那我们家家户户都请你吃饭。

村里第七、第八两个村民小组开小组会时，有村民说，我们祖祖辈辈生活在大山里，以前只有砂石路，如果家里有一个孕妇，快要生小孩了，村医或游医都解决不了时，村民只能连夜跋山涉水将孕妇送到县医院，而且还得拆一块门板，将孕妇绑在上面，以减轻孕妇的晃动。村民的话让他感到修路、通网络刻不容缓。

陀东的口头禅是"我说话算数"。他默默地对槽碓村的百姓承诺：一定要解决村里道路和网络的问题，我说话算数！

陀东没有食言。至2019年上半年，全村不仅通了硬化路，还对道路进行了拓宽，加装了防护栏。

为了信守对槽碓村村民的承诺，陀东开始频繁地"跑路"，从鹅塘镇跑到平桂区、跑到贺州市，甚至还跑到首府南宁，去中国移动和中国电信总公司反映现实困难，希望他们帮助解决槽碓村的网络问题。他得到的反馈都是积极的，但是需要地方统筹。他便联系了几个土瑶村的第一书记和村"两委"干部，抓住机会向相关领导提通网的事。经过近半年的努力，他终于得到上级的大力支持。

槽碓村于2018年下半年开始建设移动基站，至2020年初，村里总共建了4个基站，使网络信号全部覆盖了第一至第九村民小组，村民再也不用去山顶的"天然网吧"捕捉网络信号了。

路通了，网络有了，教育也得跟上，"控辍保学"也是土瑶村开展扶贫工作的重中之重。第九村民小组的赵天养有一个女儿，叫赵木兰，正读初中二年级，成绩不错，喜欢读书。赵木兰的母亲早年过世，木兰由父亲赵天养一人抚养长大。父亲极力反对她读书，觉得女孩读那么多书没有用，不如早点嫁人，或者辍学帮家里打山工。陀东了解到这个情况后，问赵木兰："你想不想读高中，甚至上大学？"赵木兰犹豫地说，这要看爸爸同不同意了。赵木兰家住得较偏远，陀东基本每周都会带上一些鸡蛋或生活必需品去他家，在宣传政策的同时还为父女俩做饭，为赵木兰煎她最喜欢吃的鸡蛋。村"两委"也很重视赵木兰的情况，经过多次劝导，赵天养终于同意继续让孩子读书。

陀东说，不管自己是否在任，都会一直关注赵木兰这个孩子，并且支持她读书；会尽力为她申请社会帮扶资金，如果申请不到，将从自己的工资中拿一部分出来资助这个孩子继续读下去。

"槽碓村的适龄儿童、少年没有一个辍学的。"陀东骄傲地说。

谈及槽碓村的易地搬迁问题，陀东说，全村搬迁的有30户180人，都由他一人负责，没有分配给其他村干部。对他来说，解决住房问题是整个村的头等大事，并且一个村民都不能落下。

村民盘文妹离异多年，独自抚养女儿长大，如今女儿已在陕西读大学。盘文妹一直在贺州市平桂区做装修工，在市区租房子住。按扶贫政策规定，只要她在外有稳定的住房，她的住房就算达标，无法分到安置房。陀东通过走访发现，盘文妹在槽碓村有一处20多平方米的木板房，因长时间无人居住，房子周边都已长出了野草和野蘑菇。他通过村干部联系到了盘文妹，问她农村的房子愿不愿意做危房改造，盘文妹称不想再回来，旧房子没有改造的必要。陀东又问，是否愿意去看一看"老乡家园"的房子，盘文妹立即表示有兴趣。盘文妹孤身在外，收入勉强糊口，陀东决定帮一帮这只流落在外的"孤雁"。通过多次沟通，陀东最终为盘文妹办理了移民搬迁手续，申请到一套50平方米的房子。但问题又来了，政府分配给她的房子并不在"老乡家园"。一天，盘文妹火急火燎地给陀东打来电话，问自己分配到的房子为什么是其他小区。陀东立即向移民专员了解情况，得知因"老乡家园"没有小面积的房子，便为盘文妹安排了新建的小区。盘文妹认为，这个房子不在"老乡家园"，就不是规划内的房子，担心拿不到不动产权证。陀东一次次向她解释，同她讲政策、讲原因，见仍说服不了她，便将她带到分配的小区，耐心地告诉她，她目前所得的房子地处贺州市平桂区中心地带，房子的居住环境比"老乡家园"更好，升值空间更大。成功说服她以后，陀东还向镇政府为她申请了沙发、床、厨具等，亲自送到她的新房里。到此，她终于满意地搬进了安置房。

帮人帮到家。陀东还不满足，他同盘文妹的帮扶人联系，得知盘文妹早年离婚，如今一直是单身，她独自将女儿养大很不容易，女儿也很争气。陀东说，如果有合适的人，可以介绍给她。盘文妹的帮扶人是鹅塘镇卫生院的医生，不久，便"就地取材"给盘文妹介绍了一个男朋友。这件事在当地传为美谈。村民笑称，他这个第一书记，不仅要替人搬家，帮人炒菜，还要当媒人。

在村民的技能培训和劳动力转移就业方面，陀东也屡建奇功。他刚来槽碓村不久，就同平桂区人力资源和社会保障局联系，说土瑶聚居区的劳动力输出比较粗放，要么去餐厅做服务员，要么去工厂做苦力，完全没有技术含量，是否可以为他们搞一个土瑶培训专场，专门针对土瑶群众进行招生。平桂区人力资源和社会保障局对此非常重视，不久便在鹅塘镇政府开办了一个培训专班，经过1个多月的动员，2018年仅叉车培训班就有40多名村民踊跃报名，远超预设一个班30人的上限。为此，陀东建议平桂区人力资源和社会保障局再开一个班。陀东带队，领着村民们参加培训。叉车培训班是封闭式管理，陀东又向培训老师告知村民的特殊情况，说村民不能完全封闭学习，有时必须去平桂区接孩子，培训老师也都通融了。

2019年起，村里陆续开办了挖掘机、铲车培训班，每次开班都有10多人报名。村里每年的技能培训班都吸引了大量村民报考厨师、电工等班。这些培训班不仅免费为村民培训，还有误工补助，村民拿到证书之后，国家还给予奖励。

槽碓村的帮扶企业有5个，几家企业的老总还被封为槽碓村的"荣誉村长"。陀东经常带村"两委"去各个企业参观，并向企业老总阐明土瑶村民的困难，希望能向他们输送劳务人员。

在槽碓村的带动下，其他几个土瑶村也在如火如荼地开展培训专场和招工专场。陀东又同平桂区人力资源和社会保障局沟通，由平桂区人力资源和社会保障局牵头、第一书记带队，组织一批村民去广东的企业学习，看看人家在做什么、收入怎样，如果觉得满意，可以直接留下来务工。很快，陀东和几位第一书记带着几十名村民浩浩荡荡向广东进发。他们的足迹踏过东莞、深圳、佛山等，参观完毕，每个村都有几名年轻的村民直接进厂工作。广东的厂里有三四千元底薪，加上加班工资，一个月可拿到五六千元，还包吃包住。孩子若想就学，也有对应的民办学校，厂区负责孩子的接送，可以解决务工人员的后顾之忧。

2018年，几个土瑶村相继兴办起特色产业项目——扶贫车间。陀东认为，扶贫车间要拓展思路，打出品牌，以此吸引外界的目光，可提高销售量。打品牌就必须打土瑶这张牌，做土瑶红茶、土瑶绿茶。茶叶做好后销往哪里呢？陀东首先想到了几个后盾单位：平桂区发展和改革局、广西204地质队、鹅塘镇卫生院和平桂区人民法院。陀东和驻村工作队员去各自的后盾单位宣传和走访，希望广大在职在编的干部职工支持茶叶的销售工作。各单位领导和职工得知情况后，都非常支持他们的工作，争相购买，光是平桂区人民法院的干部职工就一次性购买了上万元的茶叶。此外，前来旅游的游客对土瑶的茶叶也很感兴趣。这是槽碓村探索脱贫致富的一条新路子。

同时，村里通过同潇贺古道特色产业发展有限公司合作，发展瑶绣产业，将瑶绣出口到国外，于2018年就售出了第一批500条瑶绣手帕。发展瑶绣产业，在老一辈土瑶群众的"传帮带"下，不仅可以让瑶绣等土瑶文化得以传承和弘扬，还可以增加农户收入。

靠发展特色产业仅能脱贫，但不能致富。经过不断的探索，陀东想到习近平总书记说的"绿水青山就是金山银山"，要让脱贫工作和乡村振兴有效衔接，槽碓村必须搞农村旅游项目。他从大方向、长远考虑，认为槽碓村的旅游资源十分丰富，拥有瀑布、山林、河流等森林景观和自然景观，其浓郁、古朴的民风民俗，加上瑶绣和古法制茶，都是得天独厚的条件。在6个土瑶村中，槽碓村是最适合做旅游开发的村落，这里冬暖夏凉，气候宜人，非常适合开发集旅游、休闲、避暑、探险于一体的项目。

陀东对此事筹划了两年多。此前，他邀请中国国旅的老总和携程网的老总来村里进行旅游开发的调研，当时他们对槽碓村的旅游资源很感兴趣。2019年底，平桂区委开会决定开展槽碓村的旅游项目。

槽碓村的旅游圈距贺州市区仅21公里，同平桂区乃至贺州市的旅游形成互补。其他景区都是山水景观，唯独没有人文景观，而槽碰村正好弥补了这一缺憾。槽碰村打造贺州市首家高品位的旅游景区，既能促进贺州市的旅游，增加旅游亮点，也能提高土瑶当地群众的收入。

贺州位于三省（区）交界之处，毗邻广东、湖南两省。在交通方面，有铁路、高速公路通过，交通便利，极具旅游开发价值。"旅游项目使政府、村集体、村民、游客等能够形成多赢的局面，这才是社会主义新农村的典范。"陀东说道。

开发第一期民宿时，当地的土瑶群众起初对外界比较排斥，没有用长远的眼光看问题，出现不少反对的声音，因此推动工作困难重重。山区平地少，搞民宿会占用村里有限的平地资源，而且搞民宿要融入土瑶文化，必须与村民共同开发，村民平时穿上土瑶服装迎接游客，并为其烧茶，引导游客留下来吃饭、住宿和消费。但当地群众并不这么想，他们认为游客进进出出，会吵得他们的生活不得安宁，而且又是外来客人，互相之间聊不来。村民白天还得去打山工，孩子平时放在家里挺安全的，现在来了外人，孩子的安全问题就没有了保障。有些村民房屋外墙裸露在外，村委想帮他们修葺一新、粉刷成统一的颜色，村民都不同意。

有些村民甚至认为，你陀东让我给你两间房子住，过段时间你又要我给你一层楼，再过一段时间，还要收走我的山场，这不是要把我赶出去吗？陀东耐心地同村民们解释，共产党办事都是讲法治的，房子是有产权的，不是随便想收便能收走的。村里要发展旅游，巴不得大家天天穿着土瑶服装站在这里，只有大家在，土瑶的人文景观才名副其实，又怎么会赶大家出去？在陀东悉心的解释下，渐渐的，土瑶群众的思想工作也做通了。

建民宿，陀东首先从村里的党员和积极分子为切入点进行推动。最先装修村支书家的房子，另有几户有前瞻意识的农户愿意配合试点。槽碓村共有231户，以第一期带动和影响村委附近的60多户农户，带动一批，影响一批，谋划一批，未来可期。

很快，饭馆和民宿相继开起来了，并于2020年五一劳动节期间试营业，2020年7月正式开张。

光搞民宿可不行，游客过来了，不可能光吃饭、睡觉。根据平桂区委、区政府的规划，计划围绕槽碓村的河做一个旅游环线，即围绕深山里种的杉树林和八角林种植草珊瑚。到了秋天时节，草珊瑚将会变成一片红色的海洋，极其壮美。同时，在红艳艳的草珊瑚林附近搭几间原生态的木屋，给游客别样的体验，吸引网红前来打卡，同时也能引来更多的游人。

可问题又来了，种植草珊瑚时，有些农户不同意碰他们的杉树和八角，他们认为种植草珊瑚会夺走山地的养分，影响杉树和八角的产量。

为了打消农户的疑虑，陀东开始挨家挨户找到相应地块的农户，一个一个地做工作。遇到要同村民谈判的事，还非得第一书记出面，因为如果村干部去谈，村民会觉得村干部是土瑶人，你到底向着谁？而第一书记是上面派下来的，不涉及本地村民利益，村民觉得他讲话有公信力，不偏不倚。

对于做农户的思想工作，陀东掌握了"独门绝技"。这绝技也是他从教训中总结出来的。陀东不会说瑶话，此前每次把农户聚在一起时，村民们在一起用瑶语聊天，都不理会陀东，谈话就很难进行下去了。陀东采用的战术是逐个击破，找村民一对一地谈。

嘴皮子都磨破了。陀东把农户说得无话可说，农户才同意在他们的杉树旁种植草珊瑚。截至2020年5月，槽碓村已在旅游区栈道两旁的杉树林里全部种下了草珊瑚。

问题一个接一个。种下草珊瑚后，准备修步道和栈道，又要找农户。有些非贫困户，早年没有享受到扶贫政策，现在对在自家的杉树旁修栈道意见很大。陀东反复同农户沟通并劝解，说做栈道可以发展整个村的经济，每一个村民都是利益既得者，只要游客进来了，就不愁致富了。这一次，陀东的绝技又发挥了作用。

同村民交涉谈判的事任凭陀东三天三夜也说不完。做旅游开发项目时，有一块用地属于三兄弟的，他们小时候都种过这片地，如果没有旅游开发，砍树后的收入大家平分，相安无事。但旅游开发后，地价补贴为4万元一亩。其中的一个兄弟说，我小时候种得最多，应该多得，另外两个兄弟自然不同意。这难不倒陀东。他提出一个建议：要用发展的眼光看问题，不能阻挠村集体的工程开展。不如这样，三兄弟先签字，把这个钱先争取下来，把钱放到村委账户上，或者放在村里德高望重的长辈那里，通过村委来主持，看怎么分配这笔钱。这个项目迫在眉睫，必须立即开工。到此，三兄弟便同意了这个建议。

草珊瑚种下了，栈道修好了，槽碓村旅游圈的雏形也有了，村集体经济也就发展起来了。

村集体的收入之前比较单一，仅靠出租集体茶园给企业管护，村集体收租金，没有多余的、多样化的收入渠道。农村旅游项目顺利开展之后，预计到2020年底，村集体的收入有望比上一年翻番。

趁村民做工的空闲时间，陀东利用职务之便，在槽碓村进行法制教育宣传。他穿上熟悉的警服，英姿飒爽地进到各村民小组为村民开集体会，宣讲法律。之前土瑶聚居区有些村民觉得在自家赌博，外面管不到，便将领到的低保款用来赌博。陀东知道有这种情况之后，多次带领村"两委"干部和驻村工作队员密集入户，开展摸排和劝阻，成功刹住了这一歪风邪气，还土瑶聚居区一片净土。

陀东说，平时农户在山上做工，在山上喝粥、休息，天黑才回家，驻村工作队员入户只能在晚上。大家最怕下雨，一下雨就会起大雾，能见度不足10米，还会打雷。但越是打雷下雨，农户在家的可能性越大，工作队员们就更得赶到农户家里。

瑶山到处都是悬崖峭壁，山路建在半山腰，山石是风化石，土质疏松，只要一下暴雨，全村塌方的地方不少于10处。塌方或泥石流突如其来时，下面是悬崖，上面是山坡，根本无路可逃。所有的驻村工作队员在山间骑摩托车时，全都摔倒过，所幸生命无碍。

山区常有各种毒蛇出没，各种颜色的蛇都叫不上名字，有些比手臂还粗。有一半以上的驻村工作队员都踩到过毒蛇，一踩就要立即跳开，才不至于被咬伤。陀东时刻提醒他们随身携带药品，但一忙起来，驻村工作队员们又赤手空拳地上阵了。

陀东是一个铮铮铁汉，轻易不流露出个人感情，提及他的家人时，他面色凝重。

"我还没有小孩，家中父母身体也不好，没有人照顾。驻村两年多以来，我从来不睡午觉，不是不能睡，是事情太多，不敢睡。"他无奈地拍了拍脑袋，说："两年时间黑发都快熬成白发了。"

瞬间的伤感之后，这位侠骨柔肠的第一书记又将踌躇满志地奔赴下一个战场。

陀东说，刚来槽碓村时，自己只是想适应这个环境，一般理智的人都这样想，只有少数人才会让环境来适应自己。陀东就要做这样的少数人，创造历史，让这里的环境来适应自己。

这一仗，陀东又打赢了。赢得漂亮！

他在瑶山建了一座"绿色银行"

"奶奶，爸爸要去贺州工作了，要到我读四年级才回来！"读二年级的女儿哭着告诉爷爷奶奶。

韦家父母也是极力反对："为什么不派别人非要派你？那个地方那么偏远，又不安全，别去了！"

面对最亲的三个人，韦连军一时手足无措。此次赴沙田镇新民村担任第一书记，韦连军必须过三道难关：第一关是妻子，第二关是父母，第三关是女儿。他好不容易说服妻子和他站在同一战线上，正同妻子暗中商量如何告诉双亲和女儿时，不料机灵的女儿偷听到了他们的谈话。这下，第二关和第三关都很难闯过去了。

父母都已经70多岁了，身体不好，而且父亲刚出院；女儿时年8岁，刚上二年级，报了几个兴趣班，每天需要多次接送。如果他们知道自己的儿子、父亲要下到乡村工作那么久，肯定不会同意。怎么办？韦连军一时间不知自己该何去何从。

为了取得亲人的支持，他违心地撒了一个善意的谎言，说自己只是去贺州学习一段时间。不久，韦连军便前往贺州赴任。

随着扶贫工作的开展及不断地解释，父母和家人都逐渐理解并支持他的工作，有了安稳的后盾，他才能全身心投入到扶贫工作中。

刚到新民村里的前两个月，他对村里面的人和事都不太熟悉，村干部和群众也都在观望，他们还是按照以前的思维，认为第一书记和驻村工作队员都是应该求他们才能办事情，甚至有个别村干部放言，没有他们，第一书记在村里寸步难行，肯定做不了什么事情。对此，韦连军自有对策：第一，尽快熟悉村情民意，要和群众打成一片，才能摸清和掌握第一手扶贫资料，才能做到精准扶贫；第二，尽快熟悉政府的工作模式，熟悉各种扶贫政策，以便及时准确地贯彻落实，让群众得到政府给予的扶贫政策福利。事实证明，韦连军的对策是正确的。

待人以真诚，总会得到真情对待。经过一段时间的接触，村干部和群众感受到了韦连军诚实做人和勤恳做事的风格，再加上新民村的土瑶同胞本就淳朴热情，很快，他便和村里多数较为活跃的村干部、群众打成一片，大家都认可了这个第一书记，觉得他是一个值得信赖的书记。现在，有不少群众都把韦连军当成家庭的一分子，有好吃的都要叫他去家里吃，或是有解决不了的困难，也都叫他去协商解决。有了良好的群众基础，他在村里办起事来也就顺畅很多。

为了给村委修建篮球场和活动中心，需要征用村委对面的一片旱地，但几次和"地主"沟通都不行，如此反反复复，历时几个月。经过和村里其他群众沟通商量，韦连军从侧面做工作，并在最后一次商谈时，叫了十几个"地主"的亲戚朋友一起过去，和他一起做"地主"的思想工作，"地主"也没料到韦连军会有这一招，最后还是从全村大局出发，同意把地让给村委用于公共建设，村委也做了相应的补偿。

如今，村里面的所有基础扶贫数据和项目建设情况，都是韦连军经手或和驻村扶贫工作队及村"两委"争取来的，因此他比其他村干部和驻村工作队员都更熟悉情况，很多村干部对本村的许多数据不了解，反倒需要找他来解释，项目也都需要他来处理。整个状况已经完全改变，村干部和群众对韦连军都非常信任。很多事情，群众都喜欢找他这个第一书记。如有一次新开道路时施工压坏了树苗，虽然当片村干部做了工作，但是群众还是打了韦连军的电话确认后才放心，类似的事情很多，群众都觉得要第一书记到场或是给他打电话确认了才放心。

作为村里的第一书记，韦连军始终认为为群众解决最迫切想解决的基础建设及民生问题是他的工作重点和责任。为此，他深入各村摸底，同当片村干部沟通交流，及时上报项目，并在上报后及时跟踪。这两年来，他为全村争取包括基础建设在内的各种项目资金就有近4000万元，解决了全村的通路、通电、通自来水、住房等问题。

其中有几个项目，韦连军印象十分深刻。一个是石排庵到马窝的新开道路建设。该条道路如果修通，一是盘活了该路经过的数千亩油茶林和茶叶园，将会极大地方便群众生产及开荒；二是极大地缩短了新民村委和马窝的交通距离，将原来开车一个半小时的路程缩短到20多分钟；三是将香客旺盛的石排庵客流引进马窝，极大地促进新民村旅游扶贫事业的发展。这条路经过多次反映，并找各级领导汇报后最终得以立项。但是因为修路要经过狮南村群众的山地，由此产生了纠纷，需要解决几十万元的补偿款才能修建。韦连军协调几次均无果，甚至请政府相关领导出面协调，也没有办法解决。当时沙田镇的相关领导找到他，希望他们放弃这条路的建设。考虑到立项的不容易和修好路对群众的好处，韦连军坚决不同意撤项。经过多方工作和深入调查，他得知松木村和狮南村也有山地纠纷，在这种情况下，韦连军经过同几个村协商，邀请了新民村、狮南村、松木村、沙田镇政府，以及施工方、几个村的驻村工作队员一起到现场核验协商。松木村几位德高望重的老人，听说是修建扶贫路的，立即表示大力支持。他们不顾年老体弱，跟随韦连军一起爬到大山里，想办法解决问题。经过充分讨论和协商，最终达成了协议，解决了纠纷问题，这条路得以顺利施工。

韦连军认为，争取项目的过程都是比较艰难的，主要还是需要多去各个部门活动和协商，特别是直接管理部门，多利用后盾单位的力量和人脉，坚持不懈地跟踪是关键。

现在的村干部及群众和韦连军的关系都很好，他们逐渐感觉到了他是真心实意地来帮助他们解决实际问题的，通过大家的共同努力，改变了这个村的许多风貌。

但漫漫扶贫之路，冷暖只有韦连军自知。

2018年初，韦连军刚到新民村的时候，全村还有北都屯未通电，冲办、柑子、水湿、桐冲等屯未通水泥硬化路，冲办、柑子、水湿、桐冲、北都等屯基本没有手机信号覆盖，途经柑子、桐冲自然屯的道路需要从河道中间过，新民村茭白种植基地的农田常年受到洪水肆虐，道路损毁严重。全村平均海拔比沙田镇高600米，山高路险，离村委2个最远的北都屯和水湿屯，开车都要两个半小时才能到，基础设施建设十分滞后。了解到这些情况后，韦连军很惊讶，感觉到肩上的担子十分沉重，脱贫攻坚，任重而道远！

2018年3月，韦连军第一次去桐冲屯入户。那时还没有水泥路，半路遇到塌方，约有几十米长，下面就是100多米高的悬崖，人只能从塌方的地方走过，后面的人踩着前面的人的脚印走，都是松土。他走了一半，手里又拿着沉重的包，前面的路太远，感觉自己走不过去；回头看，退也退不了，看看下面的悬崖，他感觉自己的人生可能就走到这里了。他靠在塌方的差不多90°的泥石上，根本不敢动，后来来了两个村民，一前一后，前拉后推，才勉强把他带过去。走完这几十米，韦连军感觉就像走完了一生，全身冷汗直冒。

还有一次，他和驻村工作队员官畅一起进村入户，官畅骑摩托车载他，没有水泥路，走的是砂石路，在一个叫石梯的位置，因为连续拐弯，又下着雨，在一个急转弯且上坡的地方，官畅稍微一加大油门，摩托车便开始打滑，车头翘了起来，直接往前面百米深的悬崖冲过去，韦连军从后座上紧急跳车，顾不得手机和提包掉到地上，死死地拉住摩托车车尾，在摩托车前轮已经有一半掉到悬崖边的时候，拉住了车子。两个人算是侥幸保住了性命。之后，每次经过那个地方，韦连军依然心有余悸。

还是和驻村工作队员官畅一起，那次他们去柑子屯和桐冲屯遍访贫困户，因为这两个自然屯没有手机信号，也没有办法通知村干部准备午餐，加上瑶族同胞这边一户、那边两户的，住得很分散，从早上8点多到下午2点多，他们婉拒了贫困群众的邀请，都没有吃饭，实在是饿得不行。后来在桐冲屯春金窝小组，一位老大爷把刚收的椎子栗硬是塞了一把给他们，就靠着那把椎子栗，他们坚持入户到下午5点多才回村。

2019年初，刚过年回来，天下着毛毛细雨，韦连军去马窝屯入户。马窝屯依山而建，村内仅有一条陡急而多弯的小路，因为过年，群众刚放完鞭炮，路上洒满了鞭炮的碎纸。他的车开到小路上，轮胎急速打滑，猛然向右冲向路边的大石头，他紧急向左打方向盘，车子又往左冲，再打方向盘，整个前轮就在原地打滑，上不去，有下滑的趋势。韦连军急忙抓牢方向盘，加大油门，车子就像蚯蚓一样歪歪扭扭左滑右滑地冲了上去，着实把他吓了一大跳。因为这件事，韦连军联想到在此之前也有很多群众的车在那个地段出过事故，就连负责马窝屯扶贫工作的驻村工作队员温顺发刚买的新车都冲不上那个坡，他便下定决心，一定要帮助群众再修一条上山入户的道路，改变原有道路陡险弯急的现状。

韦连军通过各种不同渠道反映，在贺州市委书记李宏庆的调研会上也提出了建议，最后，平桂区委书记赖春忠直接拍板，从另一个较缓的地方重新修一条约1公里的道路。2019年底，这条道路终于开通并硬化，完成了改道建设，解决了群众出行难的问题。马窝屯的群众欢欣鼓舞，奔走相告。

2018—2019年，在上级政府的关心与支持下，经过韦连军、驻村扶贫工作队和村"两委"的协调和努力，新民村获得基础设施立项34个，累计投资金额3000多万元，帮助新民村新开砂石路8条共20.58公里，硬化道路8条共27.28公里，拓宽道路4条共9.8公里，新修桥梁2座，全面解决了新民村的道路通村问题；在新民村茭白种植基地修建了3.5公里长的河道水利工程；帮助北都屯拉通了生活电网；全村覆盖了自来水网。还有许多项目正在施工和建设中，竣工后将为乡村振兴打下坚实的基础。

这些项目解决了全村的道路、生活用电问题。通过饮用水工程、水利工程、主干道防护工程、文化设施等方面建设，为2020年脱贫摘帽打下了扎实的硬件基础。

另外，在韦连军的后盾单位广西壮族自治区地质矿产勘查开发局的帮助下，近年来，每年都安排资金进行定向帮扶。新民村累计在全村人口密集或交通要道处，安装了110盏太阳能路灯，解决了全村没有路灯的历史遗留问题，极大地方便了山区群众的出行和生活。在各个村（屯）修建垃圾池，垃圾集中倾倒，安排专人定期清运，并联系广西壮族自治区地质矿产勘查开发局帮助购买了几批垃圾桶分放到各个村屯，逐步解决了群众生活垃圾到处丢弃的问题，美化了生活环境。在人口最集中的新民村和马窝村，开展村屯内道路和污水处理整治，使得村容村貌得到极大的改善。

2020年，广西壮族自治区地质矿产勘查开发局还安排了专项绿化资金，在村委附近种植数百株紫薇和红叶桃。相信不久之后，在新民村漫步田野，将随处可见诗词中"待到山花烂漫时，她在丛中笑"的胜景，"美丽乡村、富饶新民"的工作也将不断向前推进。

道路通了，水电网问题解决了，乡村变美了，还要让村民富起来。按照平桂区"人均一亩茶，户均两亩姜，村均万亩杉"的产业发展目标，一是抓村集体产业发展，提升服务能力。通过紧抓集体茶园经营、茭白种植，投资入股分红，收取协调管理费等措施，村集体收入年年增长，2018年村集体收入为6.5万元，2019年村集体收入为11.79万元，2020年村集体收入预计将达到16万元。二是抓贫困户产业发展，解决群众脱贫致富增收的难题。新民村重点发展茭白产业，2020年种植茭白900亩，比2018年初增加800亩，增长800%；发展生姜产业约300亩，比2018年初增加200亩，增长200%；组织群众新种杉树3511亩，新种茶树280亩，新发展八角产业410余亩，形成了茶产业基地和茭白产业基地两个产业主体，覆盖周边贫困群众94户。这些产业，增加了群众的收入，巩固了脱贫攻坚成果，有力地带动了贫困群众脱贫致富。

谋划全村产业发展布局，打造新民村"绿色银行"。经过近三年的筹备和努力，2020年最终确定在新民村村委前面修建一个带冷库的农产品加工车间。该车间建成后，将解决900亩茭白、410亩八角、300亩大肉姜产品的存储、加工和销售问题。同时，2020年将修建的北都到冲办的道路，将使农产品加工车间距离茭白种植基地、村集体茶园、村集体八角产业园都在5公里范围内，为新民村的产业发展打下扎实的基础。

住房是人民群众最为关心的现实需求，关系着群众安居乐业的稳定性。2018年初，新民村还需要解决57户群众的住房问题，占贫困户总数的28.8%，其中住危房的有28户（主要是泥坯房及木板房）。2018—2019年，通过多次开展全村住房专项大排查，多渠道开展住房安全工作，实行每户一档、分片负责包干，采取危房改造、易地搬迁、政府代建、旧房改扩建、房屋修缮等措施，至2019年底，解决了全村264户群众的住房安全问题，安全住房保障率达100%。这些群众的安全住房问题得到解决后，为推动全村脱贫攻坚向前发展，促进全村脱贫摘帽打下了扎实的基础。

扶贫先扶智。新民村尤其注重义务教育保障工作。这两年来，经过多方努力，新民村的所有适龄儿童、少年无一辍学。所有适龄儿童、少年都能够享受到义务教育的政策性福利。在做好"控辍保学"的同时，也让新民村的群众不断与外界加强沟通和交流，不断学习外界先进的文化知识，逐步改变他们禁锢的思想，引导他们勇敢地走出大山去就读、就业或创业。

同时，新民村不断加强文化扶贫工作，以马窝为重点，依托马窝土瑶的民族文化特点，修建了马窝茶园的观景凉亭、健步道、土瑶寨门、马窝土瑶文化活动中心等旅游观光设施，使得马窝土瑶风情和高山茶园等观光设施初具规模。2018—2019年，新民村自行组织举办了两届"马窝土瑶文化节"活动，特别是2019年在新民村马窝屯举办的"不忘初心、牢记使命"主题教育暨"第二届贺州市马窝土瑶文化节"活动，专门针对土瑶同胞的文化民俗特点，展现了一场有新民村特色的舞台盛宴，除土瑶常见的土瑶采茶对歌、土瑶敬酒歌、土瑶长鼓舞外，还专门邀请了贺州市的土瑶专家和文化艺术家，挖掘创造了《挑着茶叶进北京》和《土瑶雷神长鼓舞》两个节目，活动参与人员超过1500人，活动取得了极大的成功，得到了《人民日报》《广西日报》《贺州日报》等主流媒体的广泛报道，为下一步开展乡村特色旅游打下了良好的基础。同时，通过活动，让土瑶群众能够有舞台表达爱国情怀，表达对党和政府的感恩之情，推动土瑶文化的传承和发展，促进民族团结和进步。

2020年，新民村将解决石牌庵到马窝、北都到村委的道路建设，最终会形成环绕马窝山顶的一条环形道路，将人流量大的石牌庵、有文化底蕴的马窝土瑶民俗古寨、壮观的马窝和北都尾数百亩高山茶园、冲办的瀑布，以及新民村的900亩茭白产业观光基地连在一起，即将向外界展现出一个美丽富饶、青春活力的新瑶乡，不断促进民族团结和谐，扎实推动脱贫攻坚工作向前发展，也为新民村的特色乡村旅游打下扎实的硬件基础。

在党和政府及社会各界的关心和支持下，短短几年，新民村的土瑶同胞从极度贫困状态一跃进入小康社会，将和全国各族群众一起为实现中华民族伟大复兴的中国梦而一起努力奋斗。

作为第一书记，韦连军十分感谢组织的信任和培养，他说："我有幸参与并见证这个历史时刻，这将为我的人生画上浓厚而鲜艳的一笔！"

一个都不能少

鹅塘镇大明村地处海拔1300米的大桂山腹地，因长期受到资源匮乏、交通闭塞、观念落后等因素的制约，这里的农业生产发展极度落后，大明村一穷二白，教育也十分落后。

2015年贫困人口精准识别时，大明村的贫困发生率高达83%，是贺州市贫困发生率最高的行政村。大明村第一书记林昊称："我在2018年进村的时候，村口以内基本上没有水泥路，整个村都是破烂的泥路，各种沟、泥浆、陡坡、烂石占了绝大多数路段。"驻村之前，林昊早已有心理准备，但进了村之后，他着实吃了一惊，也吓了一跳，怎么会是这么恶劣的环境、这么差的基础设施！

走村入户了解村情民意，是第一书记必做的工作。大明村的道路全是泥沙路，进村入户显得尤其艰难。林昊入户、对接项目、开会的时候，都需要交通工具出行。他原来开的是小轿车，为了更好地开展扶贫工作，自己出资购买了一辆四驱车作为扶贫工作专用。大明村党支部书记赵石春说，有了四驱车后，在村里开展工作便利了不少。然而，大瑶山复杂多变的天气，又给林昊上了深刻的一课。

"我们到一个叫大江边的小组入户，去那边开一个炒茶制茶培训班，途中要跨过一个山沟。我们去的时候天气晴朗，开班的时候就开始下大雨。回来的路上，想不到当时的山洪会这么迅猛，本以为加了油门就能过去，哪知道这一次过不去了。车子刚好停在路中央，四周全是水，怎么都过不去。"这次惨痛的教训更加坚定了林昊要改善村里基础设施的决心。

逢山开路，遇水架桥，在很长一段时间里，施工队忙碌的身影在大明村随处可见。"这两年来修路都修了60多公里了，现在大明村所有的村民小组都通了水泥硬化路。群众很满意，对我们的认可度也很高。群众说，人和车都过上好日子了。"林昊说。

大明村的村民赵桂花说："现在交通方便了，村里很多妇女都学起开车来了。连她们都会开车，我们都不敢想象能有这么好的条件。"日渐完善的基础设施，为大明村发展特色产业提供了坚实的保障。

林昊是2018年3月27日进驻大明村的。进村后，他就开始谋划如何发展产业、村里适合发展什么产业等。想什么来什么。4月4日，村干部突然对他说，大明村集体茶园当天开始炼山，烧掉野草，新种茶树。他一听，立即来了兴致。"炼山"二字他从小听到大，但从来没有亲身体验过，这下可有机会了。他不仅仅是想去看看，而且想切身参与进去，一是看看村集体茶园的规模；二是现场思考茶树种植对助推脱贫的作用；三是与群众共同劳动，体验生活。林昊气喘吁吁地跟着群众一起，爬到山顶的集体茶园种植片区，看着群众有序地开防火道，从山顶一路往下，分节分片点燃荒草。火烧着干竹枝发出的噼里啪啦的声响在山谷中回荡，非常震撼。对林昊来说，这不正是脱贫攻坚战中吹响的冲锋号吗？

林昊说，村民普遍种有茶树，但是他们采摘的生茶比较难销售，因为村子离外面的收购点比较远，采摘完成后送到收购点时已是下午五六点，这个时候收茶的人少。因为路程远，运输成本高，生茶的收购价格也被压得很低。结合村里的实际情况，林昊带领大家从各方面筹措资金，建立了大明村的茶叶加工车间。2019年3月，带有扶贫车间性质的茶叶加工厂在大明村建成投产，这不仅增加了瑶山茶叶的附加值，还促进了大明村集体经济的发展，也带动了大明村80多户人家种茶树。林昊说，村里进行茶叶回收，给村民增加了产业收入，也给村集体增加了收益。2019年，村集体仅销售茶叶就获得了5万元的收入。2020年，收茶制茶的情况都好，销售也在逐步推进中。

近两年，大明村坚持在扶贫车间和村集体经济上大做文章，除了茶叶加工厂，还建起了一个生猪繁育基地和两个制衣扶贫车间。村里有大量的留守妇女，因为孩子需要在村里读书，老人也需要照顾，所以她们无法外出务工，这一部分剩余劳动力在村里就可以就业。两个扶贫车间已经建好了，可以带动50多名群众参与务工，既增加了他们的收入，又不影响他们照顾孩子和老人。

2019年下半年，因非洲猪瘟的广泛传播，市场上的猪肉供不应求而价格屡创新高。地处瑶山深处的大明村抓住了这个难得的商机，在山口、村口安排群众看守，防止病死猪流入，做好防控工作，保住村里的生猪。2019年，大明村出产的猪肉和腊肉供不应求，村民通过养猪获得了可观的收益，群众对养猪的积极性大大提高。作为村集体经济的重要组成部分，生猪繁育基地的带动作用日益显现。林昊说，2020年初，大明村有48头小猪出生了，已经有群众购去了20多头，余下的10多头可以交给一些贫困户来饲养。按照"借猪还猪"的原则，待猪养大卖钱后，贫困户才支付这些小猪的成本。

通过两年的努力，大明村的产业得到巨大发展，全村大力发展杉树、生姜、油茶树、茶叶、生猪、蜂蜜等产业，实现了"人均一亩茶，户均两亩姜，村均万亩杉"的工作目标，不仅村民人均收入大大提高，而且村集体也从2017年的"空壳"发展到2018年收入5.9万元，到2019年收入13.2万元，再到2020年上半年就达14.2万元，收入水平在几个土瑶村中遥遥领先。

驻村两年多，还有一件事始终让林昊记挂在心。除了想方设法帮助村民脱贫致富，林昊也没有忽视农村基础教育，贫困很大的原因是教育没搞上去，村民的素质相对不高，影响了生产发展。要阻断这个穷根，就要从教育抓起，从现在的孩子抓起。林昊进大明村的第一天就来到村里的小学走访，当时的场景让他终生难忘。学生们是在一个铁皮棚里上课，当时的教学楼还在建设，操场是一片杂乱的工地。林昊见此情形，十分心酸，差点落泪。当地群众形象地说："这个铁皮教室，雨天就像在敲锣打鼓，热天里面像蒸笼，冬天就像冰箱。"

2016年，国家为推进义务教育均衡发展，为大明村重建一栋教学楼。大明村小学校长赵土莲说，原来的那个教室拆了，就在篮球场边搭了一个铁皮教室。2016年开始建新楼，但是因为本地的路都是泥巴路，运建材进来比较困难，所以教学楼的建设工期延误比较长，花了两年的时间还没有建好。林昊多次呼吁加快教学点建设，加快基础设施建设，争取在2018年6月1日前启用，让孩子们能在新教室里欢度六一儿童节。

工程竣工后，一栋粉色的教学楼和一栋三层的教师周转房拔地而起。大明村的首个幼儿园也正在如火如荼地建设中。然而，学校的教学设施、教学用品等还是十分紧缺。林昊和驻村工作队员除了向教育部门反映情况，也联系社会上的一些爱心人士和爱心企业，为学校捐赠一些教学用品、书籍等。除爱心企业和爱心人士的帮助外，平桂区也在不断加大对土瑶村教育的投入。从2020年开始，平桂区政府为6个土瑶村小学及教学点的学生提供免费午餐。以前学生都是自己带午饭，夏天容易变味，冬天很快变凉。如今，学校每天为学生提供不同花样的菜式，学生能吃上"放心饭"，也就不用从家里带饭来了。如今的大明村小学已经焕然一新。

为了激励学生们奋发向上，林昊和驻村工作队员还积极寻求社会帮扶力量，在村里成立奖助学基金。林昊说，他们拿出一部分资金作为家庭困难学生的生活费补助，并对单科成绩达90分以上的学生进行奖励。奖励的效果显著，大明村小学第一次只奖励了6名学生，第二次考试的时候，竟有20多名学生的成绩在90分以上。

自担任第一书记以来，虽然学生的学习条件逐年向好，但最令林昊头痛的还是"控辍保学"的问题。

2019年6月，文华学校的姜晚英老师打来电话告诉林昊，大明村的学生赵兰娘没有来校读书。林昊当即通过多方渠道努力查找，终于在鹅塘镇的一个出租房里找到了赵兰娘。林昊同姜老师对她晓之以理，动之以情，共同劝说她返校，同时还承诺帮她解决一些生活上的困难，消除她思想上的顾虑，让她安心在校学习。赵兰娘平时在校表现很不错，尤其是在歌舞表演方面天赋较高，还曾作为校合唱队的主力登上了平桂区春节晚会的舞台。在林昊大哥哥似的关怀和劝解下，这棵土瑶山区的好苗子终于返回文华学校，并保证好好学习，不辜负大家的期望。

后来，林昊在土瑶扶贫安置点"老乡家园"看望大明村的村民时，特地去文华学校看望赵兰娘。只见她坐在教室里认真地听课，丝毫没有察觉林昊的到来。姜老师正准备同他打招呼，林昊却向她摆了摆手，随后悄悄地离开了学校。在回村的路上，林昊耳畔回荡着土瑶孩子们欢快的笑声，为自己做了一件有意义的事而倍感欣慰。

2020年初，受新冠肺炎疫情的影响，学校开学比较迟。大明村驻村工作队员配合学校，从4月开始，对村里的学生开展摸排工作。原本以为每个孩子都不会缺席，不料到了5月7日开学的前一天，村里两个初中一年级的女学生却突然离家，私自跑到了广东，手机号码也更换了，玩起了失联。林昊得知后，心急如焚，这两个女孩尚未成年，万一在外面碰到了坏人怎么办？作为大明村的第一书记，他要确保每一个村民的安全。林昊当即找遍了这两个女孩的家人、亲戚、同学和老师等，同时联系了村干部、帮扶人等，通过不懈的努力，终于加到这两个女学生的微信。通过微信沟通，林昊了解到她们外出的原因和回来的顾虑，由于两个女孩是未成年人，又非常有个性，她们起初答应回家，后来又多次变卦，一会儿说回，一会又说不回；一会说有这个问题，一会又说有那个困难，有时还会故意不回复信息等。林昊耐着性子，对她们动之以情、晓之以理进行劝说。这个过程令林昊十分煎熬，生怕又生出什么新的岔子，导致她们不愿返校。最终，在同意她们提出的一系列合理要求后，林昊和驻村工作队员按照她们的定位，开了4个多小时的车，来到广东的一个村子，将她们接回平桂区，并直接将她们送到文华学校报名。当天，所有的人都松了一口气。

土瑶的孩子们是土瑶人民的希望和未来。知识改变命运，教育才是脱贫最根本的出路。教育扶贫是一颗爱的种子，在林昊等扶贫工作者的努力下，这颗种子将会生根、发芽、开花、结果，直至长成一棵参天大树……

教育扶贫带来的改变，要在多年之后才能见到成效，而大明村这两年的变化，可以从贫困发生率的下降直观地看出来。林昊说，2018年3月的时候，大明村的贫困发生率为72.45%，经过这两年的脱贫攻坚，到2020年初已经下降到4.55%，由最开始的273户贫困户，脱贫了257户，仅余下16户89人未脱贫。他们年初的时候已做好全部规划，并采取了各项措施，今年"双认定"的时候完全可以脱贫摘帽，大明村整村也将在今年全部实现脱贫摘帽。

大明村原是6个土瑶村中住房问题最突出的村。截至2019年6月，还有51户的住房不达标。为了解决这个突出问题，林昊带领驻村工作队员对住房不达标的安排出每户工作措施，深入每户家中分析原因，鼓励能自建的户马上自建，符合移民的动员移民，符合申请危房改造的帮助申请危房改造，对于确实有困难的家庭，林昊多方联系社会力量给予支持，解决了大部分不达标家庭的住房问题。在实际工作中，有的群众并不理解，还在微信群里留言"我的事不要你们管，我习惯住我的旧房子，讨厌你们"等信息。看到这样的信息，林昊心里很不是滋味，彻夜难眠，满脑子想的都是怎么解决这类问题。不久，林昊通过完善工作方式，将单独入户动员与整片区集中宣传相结合，并带上借来的移动投影设备、移动喇叭等，以图片的形式展示说明整个大明村扶贫工作的成效、国家政策、群众受益情况等。绝大多数村民第一次看到这样的讲解，对扶贫工作有了进一步的了解，也因此消除了很多疑问，认可了工作队的做法，尤其是住房保障问题。通过多方努力，截至2020年6月，大明村所有群众的住房均达标。

产业发展是重中之重。大明村仍有不少剩余劳动力，将这一部分劳动力充分利用起来，增加他们的收入，也是林昊工作的一大重点。这两年来，林昊主要采取三个办法予以推动：

一是"带出来"。林昊组织了"外出务工队""运输队""建筑队"等就业队伍，以及组织企业和人力资源公司进到大明村宣传就业政策、现场招收员工。他还多次组织大明村群众到平桂工业园区、黄金珠宝城及各类种养殖基地参观，带领村民到广州、东莞等地，现场了解用工企业的生产情况、住宿环境和工资补助等，让群众找到适合自己的工作。在回城前，一名叫赵贵华的青年为苦于没有资金购买生活物品而发愁。林昊知道后，当即将1000元交到赵贵华手中，让他安心工作，多带动村里群众出来务工。赵贵华为此颇为感动。不久，他联系带动了5名村民一起到厂里工作。经过一系列努力，2018年，大明村人均纯收入达4000元以上。

二是"引进来"。大明村开办了2个村级制衣扶贫车间，鼓励村民到扶贫车间务工，就近就业，既方便村民照顾家庭，又能提高村民家庭收入。村里加大村集体茶叶加工厂的投入，全面收购群众的茶叶，充实了贫困户的荷包，村集体收入也取得历史性突破，达到6.9万元。

三是"联起来"。组建大明村劳动力微信群，加入群众多达180多名，扩大群众就业信息沟通渠道。工作队或群众在群里发布各用工企业、各项目工地用工等信息，帮助各村村民就业。2020年上半年，到广东食品加工企业务工的有15人、到手工企业务工的有18人，到林场工地务工的有55人，到建筑工地务工的有46人，到养殖企业务工的有2人，打零散工的有165人次，大大扩大了群众就业面，群众务工的收入也大为提高。

2020年7月8日，林昊和工作队员毛献文同乘一辆摩托车，到大明村东甲尾片区入户核对贫困户信息。整个白天工作都很顺利，二人虽累但心情非常好，心情一好，决心也跟着大了起来，就想在天黑前到东甲尾更远的两户贫困户家里看看，一鼓作气走完整个片区。不曾想，"乐极生悲"的故事就发生在他们身上。走到最后一户群众家中时，该户新养了一只土狗，此狗极凶猛，猝不及防从后面突然袭击，以极快的速度将林昊和毛献文两人的腿分别咬了一口。这还没完，在回村驻地的路上，两人骑的摩托车被迎面驶来的皮卡车剐蹭，由于巨大的惯性，摩托车瞬间像脱缰的野马，猛烈地左右乱蹿，道路两侧一边是陡壁，一边是悬崖，十分危险，二人手脚并用，用尽全力才将车辆控制住。回到驻地后，林昊仍心有余悸，回想起这一整天的经历，真的是冰火两重天。平静下来之后，林昊对几个驻村工作队员说："我和毛献文是大明村驻村工作队员中驻村时间最长的，遇到的困难和险情也是最多的，但那些困难是压不倒我们的，我们做的都是好事、善事，是正能量的事，拥有这个信念，我们在大山里走夜路都不会怕。我坚信，无论遇到多少艰难险阻，最终的胜利一定是我们的！

以后我们要更加注意安全。明天一早，我们就去镇里卫生院打狂犬病
疫苗……"

　　林昊每天都要来回穿越几十里的山路，从这个山头翻越到另一个
山头，从这个屯走到另一个屯，从这一户到另一户，在村道边，在山
头上，在村头村尾，抓住一切机会和贫困群众谈心、拉家常，宣传党
的扶贫政策，引导群众相信党和政府的惠民政策，打消他们的思想顾
虑。为了能让贫困群众安心搬迁，林昊8次自费安排车辆带领群众外
出参观移民新区及其附近的务工企业、学校等配套设施，让群众实地
了解外出生活的好处。大明村地处偏僻，群众出行难，为了方便群众
外出选房，林昊同时主动对接平桂区扶贫移民服务中心开通绿色选房
通道，安排车辆接送群众外出选房。贫困户赵客友在拿到新房钥匙当
天，紧紧握住林昊的双手久久不放，感激之情难以言表。林昊说，对
于居住在深山高寒地区、生存环境差、不具备发展条件的农村建档立
卡贫困人口，主要通过国家易地扶贫搬迁政策帮扶。近几年，平桂区
持续推动易地扶贫搬迁工作，大明村取得的显著脱贫成效与此密不可
分。大明村共有273户贫困户，搬迁到移民小区的有76户，约占全村
贫困户的1/4。已经入住移民安置点"老乡家园"的群众十分满意，
他们在外面去务工也比较近，那边的企业也很多。平桂区发挥区位优
势，依托扶贫车间，打造异地搬迁群众半小时就业圈，让搬迁群众实
现家门口就业。除此之外，平桂区还建了幼儿园、小学、社区卫生
院、服务中心等配套设施，特别新建了一所民族学校，让孩子可以就
近入学。

　　大明村党支部书记赵石春每次说到林昊，都情不自禁地竖起大拇

指："林书记来了之后，我们一下子有了主心骨，大家不再感到迷茫，而是充满了信心和希望。"

2019年，一心为民、专干实事的第一书记林昊不负众望，先后被广西壮族自治区扶贫开发办公室评为全区脱贫攻坚先进个人、广西壮族自治区党委组织部评为全区脱贫攻坚优秀第一书记。

脚下有泥土，心中有真情

此次赴沙田镇金竹村采访，不巧与金竹村第一书记庄川擦肩而过。之后，我多次用微信联系他，希望能采访他，但一直未能如愿。一是因为他工作非常忙；二是他觉得自己做的都是小事，不值得书写。在我的一再坚持下，庄川终于同意接受采访。

在近1个小时的电话采访中，庄川数度哽咽。我也听得十分感动，始终安静地听着，尽量不去打断他。

庄川于2018年3月底开始担任金竹村第一书记。来村里的头2个月，他变成了一个"话唠"。刚进村时，他就发现金竹村山多地少，资源稀缺，村民没有技术积累。那么，怎样发展？从赴任的第一天起，庄川就进村入户，同群众打成一片。他在村里四处行走，逢人就谈经济，谈金竹村怎么发展。见到村里的老人，他就同老人拉家常；见到年轻人，他就同年轻人聊天；见到村里的任何人，他都会同人聊上一阵。他还会问每一个人同一个问题：我们这里能做什么？

不久，经过实地考察并结合传统经验，他决定发动村民在山上种茶树，通过土地流转，发展村集体经济。起初，村民舍弃不下自己的土地，不愿意流转土地。为了促成此事，庄川和村干部花了半年的时间入户宣传政策，耐心地做好工作，解除了村民的后顾之忧，发展村集体种茶树这一致富项目得到村民的认可和支持。

庄川说，金竹村的每一条路他都走过，切身感受到群众出行的不易。每次跑一个项目，只要有一线希望，庄川就不会放弃，因为他觉得，只要他多争取一个项目，群众就会多受益，出行就不会那么艰难，并且能长期受益。他经常往平桂区各部门跑，扶贫开发办公室的领导对他非常熟悉。为了完成这些项目，他想尽办法，动用各种关系，一个一个地"磨"。

为了发展瑶绣扶贫车间，接到绣手帕的项目，庄川多次前往贺州市潇贺古道特色产业发展有限公司洽谈。他这种锲而不舍的精神感动了该公司的老总。她说，土瑶聚居区有6个村，为什么要选择金竹村，就是被庄川的精神所打动了。不久，金竹村开办了瑶绣扶贫车间，瑶绣成为金竹村的一大产业。

为了谋划村集体经济，庄川想到了种植油茶树。位于金竹村黄南片横冲的广西国有大桂山林场的林地原来是由村民开荒种植的，如今林场想要收回。可如果地被收回，村里会少很多土地，庄川和村支书多次同林场沟通，请求他们继续租给金竹村。通过不断的努力及多次沟通，林场终于同意将740亩的土地以很低的价格继续租给村委，算是支持金竹极度贫困村发展村集体经济。利用这块地，村集体种植了300亩的油茶树，并向市林业局申请创建了"贺州市油茶种植示范基地"。

除了油茶种植示范基地，村集体还成立了青茶加工扶贫车间。投资青茶加工扶贫车间的是一位潮汕老板，他起初来金竹村时很不适应。庄川了解到他的具体情况后，便及时替他解决好生活问题，比如房屋漏水、水池漏水、电不通等问题。庄川总是主动询问他有何难处，急老板之所急，令老板深受感动。很快，老板发现金竹村是一座富矿，在金竹村除了加工茶叶，还兼做乡村旅游，投资了几十万元发展民宿，还计划租赁100多亩地建设"青茶谷"。老板之所以持续发展产业，是看到了庄川的用心，因此他对金竹村很有信心。

目前金竹村集体拥有油茶树、茶树和草珊瑚三大种植基地，其中油茶树300亩，茶树300亩，草珊瑚已种下300亩，目标是600亩；还拥有两大车间，即青茶加工扶贫车间和瑶绣扶贫车间。这三大基地和两大车间每年能为村集体带来10多万元的收入，为村集体经济发展奠定良好的基础，每年为群众创造100多万元的收益。

庄川用一双脚丈量了金竹村的每一寸土地。他用眼睛去观察金竹村的状况，用心去思考和把握金竹村发展的一切机会。这一次，他将关注点放在了金竹村小学。

初到金竹村时，他看到金竹村小学的校舍老旧，有些墙皮已脱落，操场像建筑工地般杂乱。校园是孩子们的乐园，废弃的砖头和木板就是孩子们的玩具。学校的厕所是瓦房，只有简陋的蹲坑，卫生条件极差。学校没有澡堂，男孩们只能在一楼空旷的教室里洗澡。见到这些，庄川心里很不是滋味。

他看到学校有七八十个孩子寄宿，最小的才上一年级。而孩子们宿舍里的床是由木板架设而成的，床上的棉被破旧不堪。大山里的蚊子多，而孩子们竟然没有蚊帐。庄川看在眼里，急在心上。

他还去学校的食堂查看。只见孩子们的菜谱很单一，几乎看不到肉。庄川心里很难受。若非亲眼所见，他断不敢相信，国内城市的教育发展日新月异，而农村孩子们的教育状况却如此落后。他看在眼里，急在心上。孩子们一天吃不好，一天没有蚊帐，庄川就一天都吃不香、睡不好。

帮助金竹村的孩子刻不容缓。庄川第一时间向贺州市教育局的领导反映金竹村的情况。2018年4月，贺州市教育局领导到金竹小学调研，决定统筹60万元资金用于修缮金竹小学的校舍，并立即着手设计。当年9月，金竹小学的新校舍就正式投入使用。

新学期开学了，庄川再来探访金竹小学时，只见校舍焕然一新：运动场建起来了，篮球场也有了，新建的厕所同城里的一模一样；学生宿舍让人眼前一亮，整齐划一的双层床架，宿舍内还设有独立卫生间，可供孩子们洗澡。看到这些，庄川笑了，但很快他又开始沉思起来。孩子们的生活用品还没有着落。

庄川跑了很多单位，他找教育局，找私人老板，从多方筹集来太阳能热水器、电风扇、储物柜、棉被、蚊帐等，还联系到一家企业，每日为孩子们提供200元的肉菜。

如今，金竹小学的孩子们能在宽敞明亮的教室里上课，在平整的操场上玩耍，在干净的宿舍里休息，在食堂里吃着营养丰富的饭菜。看到这些孩子，庄川就仿佛看到了自己的孩子。金竹村的孩子们，不是亲人胜似亲人啊！

庄川的目光一直没有从金竹小学移开过。他不仅要让这些扶助措施落实到位，而且还要持续跟进。

庄川不记得是第几次来到金竹村小学了。一次，他注意到一个小女孩的嘴唇开裂了，便问孩子怎么回事。孩子羞涩地不愿开口。但庄川明白，这是因为缺少维生素造成的。学校食堂很少采购富含维生素的蔬菜，一般只采购方便保存的瓜果。庄川很心疼这些孩子，便当即去贺州市八步区，用自己的钱购买了几大箱蔬菜送到学校食堂。

庄川说："我有一个儿子，目前正在读高中，但我因为工作太忙，没空照顾孩子，心里很愧疚。如果有一天，我的儿子能来金竹村看看，看到他的老爸为金竹村的孩子们做了一些事，相信他一定会理解他老爸的。"

除了金竹村小学，庄川同时将目光投向金竹村的每家每户。

有一天，庄川入户时发现一位七八十岁的老奶奶肩上背着一箩筐茶叶，她坐在路边休息，看上去身体非常虚弱。他二话不说，背起茶叶步行了几公里，将老奶奶送回了家。

金竹村有一位老奶奶叫凤春娘，六七十岁，前些年动过几次大手术，人很消瘦，身体屡弱。她独自照顾两个孙子，三人住在一间木板房里。两个男孩的父亲常年不回家，也不给家里寄钱，母亲在孩子们年幼时便离家，至今未回，两个孩子无心读书，随时都有辍学的可能。看着这个千疮百孔、风雨飘摇的家，庄川当即背过身去，悄悄拭泪。很快，他又转过身来，对正上四年级的大孩子说："你是家中年纪最大的男子汉，要好好读书，长大以后赚钱给奶奶用，让她过上好日子。"

在庄川的动员下，祖孙三人同意搬迁到平桂区的扶贫安置点"老乡家园"。庄川及时向沙田镇政府领导反映她家的困难，并联系到一名老板免费为其新房铺地砖、刮腻子，并装好水电。简单装修之后，三人便住了进去，两个孩子也在"老乡家园"旁的文华学校上学。一天，上三年级的小孙子穿着拖鞋准备进学校大门，却被门卫拦住了。原来，他只有一双鞋子，鞋子洗了没干，只好穿拖鞋去学校。庄川知道后，便花了几十元给他买了一双鞋子。

老人的儿子邓土庆听说家里有了新房子，不久便回到了家。庄川多次动员他，给他发信息，劝他去找工作，但邓土庆一直推说自己没有技能，不愿出去工作。为了帮扶这个家，庄川带着邓土庆去平桂区扶贫移民服务中心做就业登记，帮他挑选合适的工作，接着又带他到企业面试，并确定了上班时间。

2020年春节后的新冠肺炎疫情期间，庄川去老人家里走访时，看到他们一家餐桌上的菜仅是一道用青菜打的汤，便立即去超市为他们买了200元的肉、蔬菜、鸡蛋等，还往老人手里塞了500元钱。

庄川帮人解困、助人为乐的事太多了，比如帮村民办户口、办低保，在半路遇到因父母没空接而不得不走10多公里山路回家的孩子，他都会将孩子们一一送到家。

庄川用心为群众服务，把群众当成自己的亲人，群众也把他当成亲人。有时村民晚上务工回来，同庄川一起开完会后，便会握着庄川的双手，久久不愿放开。那一刻，庄川真正感受到群众把自己当成了亲人，这也是他工作的动力。

庄川在进村入户时发生过几次状况。他一般在屯里开完会，晚上十一二点才能回到村委。山里雨多，路很滑，路面能见度低，仅有两三米。有一次，庄川倒车时，车倒进了水沟里，开不出来，他只好步行回家，第二天才请路旁的挖掘机将车拉回来。还有一次，他开车时，一只车轮滑出了桥面，车头也悬空在外，整辆车有掉下河的危险。后来，村民找来绳子，帮他把车子拉了上来。

庄川轻描淡写地说，这些都是小事，只要用心做事，把群众当作自家人，把金竹村当成自己的家，什么事都好办了，什么事都能办好。

庄川说，目前金竹村已率先脱贫摘帽。金竹村通过这几年的建设，形成了四通八达的水泥路网，村民出行方便了，农产品也能及时地运到城里去销售，村民收入一天天提高，生活一天天变好了。村集体经济也发展起来了，由原来村集体年收入仅0.5万元的"空壳村"，发展到现在的"三大基地两大车间"，村集体年收入10多万元。但在发展乡村振兴方面，他还不满足。他说，要真正实现乡村振兴，要让村民真正致富、奔小康，金竹村与发达农村相比，还有很大的差距。到2021年初，庄川第一书记的任期就到了，但他从未考虑过停歇。

庄川曾多次去农业农村局、发展改革委和民族宗教事务局等部门争取项目。曾有一位领导问他："你在金竹还能待多久？也许这个项目争取下来，也轮不到你去实施了，成绩也不是你的了。"庄川笑着说："功成不必在我，功成必定有我！"

庄川还专程前往贺州学院，向研究民族文化的一位教授请教。教授也答应免费为金竹村做规划和设计，提供可行性报告。

"用心同行，用真情扶贫"，这是庄川的肺腑之言。他说出来了，并且也做到了。

采访完毕，我的心久久无法平静。我忍不住向庄川书记要了他的照片。他发过来几张扶贫时的照片，同我想象中的基本一致，朴实、实在，是一个值得信赖的人。每一张照片都是他同村民在一起，或坐在山边，或坐在村民家矮小的凳子上，或手里拿着本子或拿着规划图……照片上，他或面带微笑，或神情凝重。他年仅43岁，头发却已开始稀疏。

有庄川这样的第一书记，一个金竹村，千千万万个金竹村，一个土瑶同胞，8500名土瑶群众，何愁不能脱贫致富！

全村共同的亲人

人生最大的痛苦，莫过于失去亲人。

2018年9月3日，沙田镇狮东村村主任凤宝同志在组织本组村民危房改造、拆除旧房时，发生意外事故，不幸遇墙体倒塌，被压砸身亡。时任狮东村驻村工作队员邱银建，接到凤宝同志家属的电话后，十分难过，狮东村的村民就像他的亲人一般，他们的一举一动无时无刻牵动着他的心。邱银建在第一时间赶往事故现场，了解清楚具体情况后，及时向沙田镇扶贫工作站和镇主要领导汇报，并极力安抚家属的情绪，安排好善后事宜。之后，邱银建又多次联系相关部门和保险公司，帮助家属拿到保险公司拨付凤宝同志的身故赔偿金。

狮东村白虎村贫困户凤冬生，家中原本有4口人。2013年，大儿子凤榕才在狮东村发展集体经济茶园炼山时，被大石头砸中头部导致重伤，先后在贺州市中医院、贺州市人民医院、桂林181医院、北京天坛医院治疗，前后花了10多万元，欠下了9万多元外债，最终还是医治无效，于2017年不幸离世。凤冬生本人患有冠心病、脑膜瘤及左脸面瘫、左眼角膜炎等并发症，如今又承受丧子之痛。凤冬生夫妇二人文化水平较低，无劳动技能，平时主要靠打山工维持家用，收入极不稳定，有时夫妻二人每月的收入不足1000元；其小儿子凤林锋在贺州市八步区一家美容美发店当学徒，收入微薄，家中没有任何存款，生活过得非常艰难。因此，凤冬生对镇党委、政府和村"两委"干部的意见非常大，对扶贫工作也不甚满意。

2019年冬，刚升任狮东村第一书记的邱银建了解凤冬生家里的情况后，向上级汇报了情况，并积极协调相关部门，帮该户申请了低保提档和救助金2万元。2020年3月，他又为凤冬生家申请了临时救助金和社会慈善救助金共9万元，极大地改善了他们家的生活状况，也扭转了该户对镇党委、政府和村"两委"干部的看法。邱银建再入户时，凤冬生激动地拉着他的手说："邱书记，您是我们家的大恩人，我们全家人都感谢您……"

2020年大年初一，自接到关于新冠肺炎疫情防控通知开始，邱银建第一时间通知村干部、驻村工作队员摸排本村的春节前回乡人员，全面落实好各项防控措施。在封村、封路的情况下，他积极组织驻村工作队员利用电话、短信和微信的方式，收集群众对生活物资的需求，同时协调超市采购物资送货上门，尽最大努力保障群众的正常生活。

2020年4月1日下午3点多，狮东村白虎村村民凤土生赶圩回家途中，不幸在桂山村坡湖路段发生交通事故，他的摩托车撞到了路边的水管，连人带车跌入排水沟中，受了重伤，所幸无生命危险。接报后，邱银建和狮东村党组书记赵万兴第一时间奔赴现场，帮助协调解决，并于当晚9点多驱车赶到贺州市人民医院看望凤土生，了解其受伤情况，嘱咐他好好养伤，争取早日康复出院，并送上慰问金。

从狮东村驻村工作队员到第一书记，邱银建经历了一幕幕人间的悲苦，因此更懂得生命的珍贵，也格外关注狮东村村民的健康。2018年9月，邱银建采集全村未办理社会保障卡人员的信息时，考虑到有些老年人或体弱多病人员行动不便，因此白天他带上相机和复印机到各屯为群众采集信息，晚上加班整理信息材料和对相片做后期处理。

邱银建心里时刻想的是村民，诚心诚意为村民多办事、办实事，因此，也得到了村民的信任和尊重。这样的书记，一心扑在帮助村民脱贫致富的路上；这样的书记，不是亲人胜似亲人。

驻村工作队员二三事

土瑶"形象宣传大使"黎华

"一条产业路，盘活千亩林！大批的瑶山生姜、茶叶、杉树从此告别肩挑背扛的运输模式，土瑶群众脱贫致富的信心更坚定了！"鹅塘镇明梅村驻村工作队员黎华，在平桂区脱贫攻坚微信群里发出了几张满载农产品的小货车穿梭于崇山峻岭间的图片，引来大家纷纷点赞。

这已经不是黎华第一次在微信群中赢得大量点赞了。自从他2018年6月驻村以来，凭着对摄影与农村工作的热爱，黎华用镜头记录下明梅村近年来发展特色产业助农增收的扶贫成效，记录下土瑶的人文风俗、苍山碧林、日出日落和星海银河，并制作成"瑶山手艺人""寻访古茶树""小茶厂的大未来"等短视频和"大美明梅"风光图集，在微信、美篇等平台引发大量关注，并迅速传播开来，因此大家亲切地称他为土瑶"形象宣传大使"。

在许许多多像黎华这样的"宣传大使"的努力下，近年来，越来越多人关注土瑶聚居区的脱贫攻坚工作。而明梅村正在产业助农增收的脱贫致富道路上一路高歌。村民在驻村工作队员和村干部的带领下，积极争取各方资金，修建了30多公里的产业路，盘活了2000多亩林场；充分发掘古茶树资源，发展了2个集体茶园，建设了1间茶厂，集种茶树、采茶、制茶、售茶于一体；建设了草珊瑚种植基地，大力发展林下经济；建设了蜜蜂养殖基地等，共实现100多户贫困户就地就业。此外，还打造了明梅土瑶扶贫特色旅游项目，发展土瑶特色竹编工艺品，种植杉树、生姜、八角等特色林木和作物，实现了村集体经济和村民的连年增收，使171户贫困户顺利摘下"穷帽子"，明梅村也因此于2019年顺利脱贫。

留取一生中最宝贵的记忆
——鹅塘镇明梅村驻村工作队员谢冰的驻村手记

我是谢冰，驻村之前，是旺高工业区管委环境安全部副部长。2018年3月底，我被单位派驻到平桂区鹅塘镇明梅村做脱贫攻坚驻村工作队员，加入这场没有硝烟却又轰轰烈烈的脱贫攻坚战。我想，这将会是我一生中最难忘的一段记忆。

明梅村由于地势险要，与外界交流极为困难，发展极其落后。交通闭塞、缺田少地是主要致贫原因，勤劳的土瑶村民祖祖辈辈背着背篓辛勤劳作，却不能向大山讨个温饱。来明梅村之前，听说这里很贫穷，却没有具体的印象。当我驻村第一天傍晚，踏进赵土安家时，我被眼前的景象惊呆了：破旧的杉木板围起来做的围墙，杉树皮搭的屋顶，房子阴暗而潮湿。一盏昏暗的电灯挂在房子的中央，进屋两分钟后才慢慢能看清房子里的物品。灯下是一张长板凳，房子中间的灶膛上，是一个烧得黑漆漆的铝锅，掀开盖子，小半锅水里只漂着黄绿的青菜，这就是他们今天的晚饭。

顿时，一股心酸涌上心头，我的眼泪唰地就掉了下来。当时我想，这个时代竟然还有这么贫苦的家庭，跟繁华的城市反差太大了。

离开赵土安家时，天上的星星已经闪亮，而我只觉得肩上的责任更沉了。

路不通是贫困的根源，要打破贫穷的枷锁，就得修路。从前，明梅村土瑶群众到鹅塘镇需要花上两个小时。2015年，在党和政府的帮助下，明梅村顺利修建了30多公里的村屯道路，8个村民小组都修通了水泥路，村民种植的杉树、生姜、八角等农产品得以通畅地运送到鹅塘镇及贺州市区，换回生活所需的物资。如今，4.5米宽的主干道已经贯穿了整个明梅村，村民出行更便捷，也逐渐摆脱了贫困的日子。农户赵水周家在卖掉一批杉木后，买了一辆农用车，为村民运送杉木等农作物，经过几年奋斗，他们家从低矮的杉木板房搬到了装修精美的3层小洋楼，这也是近几年来土瑶群众勤劳致富的一个典型。

明梅村资源匮乏，全村仅有20多亩水田，山多地少，产业也比较单一。我和驻村工作队员们经过详细了解，发现明梅村自古以来一直有种植、加工黑茶的传统，并且有独特的茶叶资源。通过多方实地调研，我们认为发展土瑶黑茶可以成为增加土瑶群众经济收入的可行途径。于是，我们便向平桂区政府申请资金，扩大茶树种植面积，建设土瑶黑茶生产车间。

2019年，明梅村土瑶黑茶厂顺利建成并投入生产，当年就生产黑茶800多斤。然而茶叶生产出来了，销售又成了问题。我的后盾单位旺高工业区管委会了解到这个情况后，主动积极提供帮助，联合园区内的广西石立方石业发展有限公司、贺州市浩源石材开发有限公司等5家企业通过消费扶贫购买土瑶黑茶700多斤，顺利解决了销售难题。仅此一项就为明梅村贫困户带来了8万多元的收入，而明梅村也于2019年顺利脱贫。

要扶贫先扶智。明梅村小学是一个山村小学，学校仅有4名老师，30多名学生。还记得我第一次去学校时，孩子们呼啦啦地围了上来，对我这个陌生人很好奇，同时又很有礼貌地喊"叔叔好"，他们就像山上的枫叶一样炽烈而又纯真。

后来，我向校长了解到，这所学校缺乏学习用具、课外图书和体育设施，后来我联系到一家爱心企业，他们愿意资助捐赠一个图书室和篮球场，以及书包等学习用具，明梅村小学有了崭新的变化。

秋日的阳光照耀着明梅瑶乡，一队满载学习用品的爱心车辆驶向明梅小学。领到企业家们送的书包文具等学习用品后，孩子们都高兴坏了，又唱又跳。新的图书室、新的书包、新的画笔、新的篮球场都将给他们的童年带来一抹快乐的阳光。

企业家们的爱心捐助活动一共组织了6次，每一次都带给明梅村新的希望。这群孩子承载着瑶山的希望，希望他们能快乐地成长。

除了收获和感动，在扶贫路上我也经历了许多危险，至今仍让我心有余悸。2019年5月，村集体茶园的茶苗种下去已有2个多月，由于地势陡峭，加之雨水较多，一部分茶苗没有存活。一个大雾的早上，我约了村干部到茶园了解茶苗存活的情况。

在返程下山的路上，我开着摩托车遇到一个深坑，由于躲闪不及加上道路湿滑，连人带车摔出去4米远，我的左侧膝盖和大腿大面积擦伤，并被摩托车压着动弹不得。10多分钟后才被一个路过的村民扶起，一瘸一拐地回到了村委，在床上躺了3天才勉强能下床活动。

还有一次，在晚上入户走访的半路上，摩托车没油了。此时天色已暗，我联系了村委会副主任德哥送油过来。在等待期间，一条近2米长的银环蛇从我脚底爬过，而我却浑然不觉。幸好送油的德哥刚好到达，一发现有蛇，他立即大喝一声："有蛇！"我吓了一跳，慌忙收住脚步。长蛇爬走了，我却十分后怕，幸亏德哥来得及时，否则黑灯瞎火的，我可能一脚就踩上去了。真是万幸！

扶贫驻村2年多来，我走进每一户贫困户了解他们的困难、宣传政策、解决困难，也让我见证了一户户贫困户摆脱贫困的枷锁，走向富裕的小康生活。

我经历过群众的误解和冷眼，也感受过土瑶群众的热情好客。这些日子，我开着摩托车走遍了土瑶村的每一个角落，看过他们的山山水水。闲暇之时，我喜欢去欣赏夕阳下的明梅，那时它是最美的，就如土瑶群众美好的生活。

鹅塘镇槽碓村驻村工作队员谭志勤的日记（2018年9月3日）

今天发生了一件相当惊险的事。为了完成脱贫攻坚入户任务，大雨过后，我和另一名工作队员黄玉全同志抓紧时间去槽碓村六组入户调查。去六组的路是整个槽碓村最陡的一条路，全程3.5公里，而且都是下坡路，加上雨后路滑，有些泥土冲到路面上，路就更难走了。我们行驶到一段下坡的泥巴路面上时，由于车轮打滑，我们连人带车摔倒了，但好在车速不快，人无大碍。只是两人的手臂和膝盖都磕破了，流了不少血，摩托车也轻微损坏了。事后，我们简单包扎了一下，顾不上疼痛，继续前行，并于当天完成了入户任务。

鹅塘镇槽碓村驻村工作队员罗义练的日记（2019年7月22日）

在7月明媚的阳光的照耀下，万物焕发出勃勃生机和活力，整个槽碓村简直就像一个"绿色银行"。

一大早，第一书记陀东和我匆忙吃过早餐，就骑上扶贫工作专用的摩托车，到槽碓村建档立卡户陈福明的大肉姜、油茶树种植现场拍照，核实种植情况，帮助他申请产业奖补资金。

经过一段弯弯曲曲的山路后，车走不了了，我们只能下车步行。一条杂草丛生的羊肠小道就是通往陈福明种姜地的唯一道路。做完了大肉姜种植现场的拍照工作后，我们又马不停蹄地赶往油茶树种植现场。油茶树是种植在山上的，陡峭的山路让我们走得很是费劲，汗水浸湿了我们的衣裤，几乎可以拧得出水了。虽然很累，但是在回来的路上我们倍感欣慰。我们一路跋涉，就是为了让贫困户享受到国家的惠农政策，我们的驻村使命，就是为人民服务。让全村群众过上好日子，就是我们最大的心愿。

鹅塘镇槽碓村驻村工作队员彭达峰的日记（2019年7月28日）

今天上午，我在村委整理七组赵妹三户的防返贫预警材料，准备午饭后同第一书记陀东、支部书记赵转桂、村主任赵木保一起到九组退休老主任赵天客家开展"慰问老党员"活动。谁知天公不作美，午饭后竟下起了倾盆大雨，直至下午4点才转晴。赵转桂和赵木保先带着慰问品出发，顺便通知八组的赵春林一起到老主任家拜访。我等陀东处理好手头的工作时都下午5点了。我们二人骑一辆摩托车开往九组，因为九组的桥尚未建好，只能以河当路，到达河边时，水还有点深。陀东问："用不用卷起裤腿走路过去？"我觉得平时去九组村尾也是摩托车来去自如的，便说："还是开车过去吧，如果走路的话要20多分钟才能到达。"不幸的是，车刚开到河中间，便撞到一块石头，车前轮一摆，我用脚支撑才能维持平衡，我提前穿好的高筒水鞋瞬间灌满了河水，裤子也湿透了，十分狼狈。一条调皮的小鱼儿跳进了我的水鞋里，同我的脚玩着游戏，倒也有趣。到了老主任家，老主任十分热情，一定要留下我们吃完晚饭。其间，老主任聊到许多当年他当村主任时的种种不易，他的话让我意识到，要克服很多困难才能为群众办好一件事。这一天的经历，更令我深刻体验到了扶贫路上的苦与乐。

沙田镇狮东村村务工作者凤接转的日记（2019年11月22日）

盘连花是我在这些年的扶贫工作中最让我欣慰的一位。

盘连花是狮东村大冲二组村民，全家4口人。该户对我们所宣传的国家扶贫政策积极响应接纳，勤劳苦干。夫妻俩供两个孩子读书，大儿子盘院林在芳林初级中学读初中一年级，小儿子盘院贵在芳林小学读四年级。

盘连花在广西贺州市恒兴矿产品有限公司工作，一个月工资有4000元左右，妻子赵花姑在家做农活。盘家2018年种植杉树6亩、生姜1.6亩，获产业奖补4000元；2019年种植油茶树6亩、生姜2亩，获产业奖补6000元。盘家的生活越来越好，还建了一幢占地98平方米的楼房。

盘连花一家让我看到了国家的扶贫政策真正落实到了贫困户身上。夫妻俩的日子一天比一天有奔头，也越来越勤奋，并于今年种植了2亩杉树。真心祝福土瑶人民的日子如瑶山上的楠竹一样，节节高。

……

这样一群平凡的人，共同在做一件伟大的事。在他们看来，这些事都是琐碎的小事，"不值一提"。他们说干就干，干就干好。但干了也不说，或者轻描淡写地一笔带过。这里呈现的只是驻村工作队员们极少的一部分，更多的故事，在他们扶贫攻坚的路上，在土瑶老百姓的心中，在瑶寨和瑶山里。

第六章

如何种一棵"摇钱树"

山还是那座山，人还是那些人，但村已经不是那个村了。

一花引来三春开

2020年5月1日，我们循着蜿蜒的山路，抵达鹅塘镇槽碓村，正巧赶上村里的农家菜馆"香满瑶"新开张。"里面坐、里面坐，我给你们倒茶。"菜馆老板一边热情地招呼我们，一边给我们端茶。想必他是把我们当成了游客，我示意同行者，索性体验一把，当一回真正的游客。老板奉上一张崭新的菜单，上面印有鸡、鸭、野菜等特色菜谱。点完菜后，面前多了几杯热气腾腾的香茶，一闻，正是当地产的土瑶黑茶。

趁菜馆老板到厨房安排菜肴时，我开始打量起这家独特的菜馆。说其独特，一是因为"香满瑶"是该村的第一家农家菜馆；二是菜馆周边的环境幽雅，门前便是一座姹紫嫣红的山，山下有一条清澈的小河，河上架着一座石桥，大人在桥边赏风景、拍照，孩子在水里嬉戏、摸鱼儿，不时发出天真的笑声。此情此景，怎能不令人流连忘返、胃口大开？三是"香满瑶"的菜式香而土，有土瑶特有的土鸡、清水鸭、熏肉、苦笋、芭蕉芯，更有石壁菜、地王菜、野芹菜、蕨菜、沙痒菜等时令野菜，让城里来的游客既尝新又尝鲜，在饱览瑶乡的胜景之后大快朵颐。

不久，几道色香味俱全的土菜便端上餐桌，土鸡的味道极鲜美，熏肉肥而不腻，苦笋清脆、微苦，白菜中带着一股清甜。餐后，配上一杯醇香的土瑶黑茶，相得益彰。"土生土长"的"香满瑶"果然没有令我们失望。

茶足饭饱后，我们才向菜馆老板表明来意。老板叫邓春引，今年38岁，曾是槽碓村的一位低保户。他家有6口人，因为母亲患病，加之有两个孩子上学，家庭开支大收入少，导致生活贫困。从前，邓春引一家人靠打山工维持生活，全家的年收入仅2000元左右。2013年，邓春引全家从住了几十年的危旧的泥土房搬进了村党群服务中心旁的楼房。2015年，他家被列为槽碓村建档立卡贫困户。"因为家庭贫困，为了减轻家里的负担，所以我读了一年中职就到广东一家家具厂打工。"邓春引说，由于没有技术，他打了几年工也赚不到什么钱。回想起以前的经历，他感慨万千。

如何改变贫穷的状况？"在驻村工作队、村干部及帮扶人的关心帮扶下，邓春引一家享受了教育扶贫、医疗扶贫、产业扶贫等国家扶贫政策。他还办理了5万元小额贴息信贷，开办了一家便民商店，并担任村小学保安。"槽碓村第一书记陀东说。

平桂区的扶贫政策规定，根据信用评级和实际需要，建档立卡贫困户可申请5万元以下、3年以内（含3年）的免抵押、免担保、按基准利率财政全额贴息（即免息）的信用信贷。正是这一小额贷款政策的扶持，让从前的低保户邓春引得以享受3年的无息贷款，依靠贷来的5万元，邓春引开了一个便民商店。便民商店的生意当年便有盈利，邓春引于3年内还清了贷款。为了扩大经营，他还购买了一辆汽车，平时用于拉货、载客等。

2019年，全村116户642名贫困人口脱贫出列，提前一年实现整村脱贫摘帽。为巩固脱贫成效，平桂区依托槽碓村绿水青山的环境优势，引进企业把农户闲置的住宅逐步改造成特色民宿，通过特色民宿带动乡村旅游，为乡村振兴注入活力。

邓春引得知这个消息后，第一时间踊跃报名。经过紧锣密鼓地筹备后，他的"香满瑶"菜馆开张了，并和民宿有机结合，形成乡村旅游吃住"一条龙"服务，力争抓住游客的"胃"，留住游客的"心"。据邓春引介绍，"香满瑶"农家菜馆也是平桂区土瑶聚居深度贫困区的第一家农家菜馆。开业第一天，他和妻子唐土留接待了5桌游客，净赚1000多元。游客临走时还买了几斤熏肉带回城里，并说这么好的地方一定还会再来，带家人和朋友一起来。

邓春引的菜馆还在本村招聘了5名服务员，为当地部分村民解决了就业问题。这些服务员都是当地村民，他们面带微笑，有条不紊地上菜，年轻而质朴的脸上，写满对未来生活的向往。

"山还是那座山，人还是那些人，但村已经不是那个村了。"邓春引说，"国家政策真好，让贫困村变成了景区，守在家里就有客人来，就能挣到钱。"

我不无担忧地说："光靠守在家里等还不行，还得依靠扩大宣传，才能真正走出去。好酒也怕巷子深，花香才能引得蜂蝶来呀。"

邓春引边听边点头，又认真地问："怎么样宣传呢？"

"比如，可以在美团、大众点评、去哪儿等网站上发布菜馆的信息，吸引食客前来就餐。还可以同旅行社合作，有了旅行社的游客，

村里的旅游、民宿，包括你的餐饮，都可以一起发展起来。"

邓春引连连点头，并称"很受启发，以后慢慢改进"。

走进槽碓村，繁忙的施工景象随处可见。在村口，游客中心正紧锣密鼓地建设着；不远处，在山上修建的观光栈道和凉亭已初具雏形。作为槽碓村的致富带头人，槽碓村党支部书记赵转桂和他的弟弟正筹备着两家瑶族特色民宿。"过不了多久，我们这里就可以发展'农业＋旅游＋康养'产业了，即使在这山窝里，乡亲们的生活也一定会越来越好。"赵转桂这样说。

槽碓村新村委大楼和桥边的花草一起构成了一道美丽的风景

采访完槽碓村，我们即将奔赴下一个土瑶村。再次回望溪边开得热闹的花儿，我们依依不舍地同这片绿水青山告别。不久的将来，槽碓村将会迎来明媚的春天，那时，村里的花儿将会开得更红、更艳，"香满瑶"的佳肴也会更香，回味更悠长。

畅游瑶乡，重拾乡村记忆

大桂山深处，赵桂兰的家在沙田镇狮东村大冲屯。2020年4月17日上午，干完家务的赵桂兰开着电动车到地里种西瓜，经过老房子的时候，她忍不住停下来多看了几眼。以前破破烂烂的泥土房被改造成民宿，成了村里的景点。民宿门前有一条清澈见底的小溪，沿溪流而上，散落在两岸的房屋都被装饰一新，村民在屋前三三两两地编着竹筐，俨然一幅"世外桃源"的景象。

自2020年以来，平桂区大力推进"农旅"融合，绘制乡村旅游"新钱景"，创建特产出山"新契机"。以推进乡村振兴为契机，围绕"民俗文化"与"观光旅游"主题，开发观光避暑、休闲度假、土瑶风情体验等乡村旅游产品，探索出土瑶聚居区农业现代化发展的新模式，借力于乡村旅游敲开致富门。

以推进"景村"融合建设为契机，坚持乡村风貌改造、基础提升、环境整治、产业发展"多管齐下"，着力打造土瑶风情旅游发展基础设施项目。在狮东村大冲屯打造土瑶风情旅游和民俗博物馆，形成特色形态、业态、文态、生态"四态合一"；在海拔1208米的"明梅顶"，开发以瞭望台为中心的土瑶特色旅游项目，集游客中心、傍山特色别墅、农家餐馆等于一体，带动周边地区贫困群众种植生姜、茶树等特色作物。

以推进"产旅"融合发展为契机，按照"一乡一品，一村一特"要求，深挖民俗文化，传承乡愁文化，展现农耕文化，提升土瑶村的内涵与品质，将土瑶村打造成集民俗文化、民宿旅游、竹编扶贫车间和"存茶于民"养护茶叶于一体的综合性扶贫基地，带动"人均一亩茶，户均两亩姜，村均万亩杉"产业发展。

乡村精品民宿在乡村山水间百花齐放，成为乡村旅游中的一抹亮色，激活了乡村经济发展的新动力。

"文旅"融合，成就了"诗和远方"；乡村旅游的兴起，也满足了文艺青年们对归园田居的期待。以农业为基础，以文化为灵魂，以旅游为平台，"农文旅"融合为乡村发展带来无限的可能性。

近年来，平桂区积极开展特色产业扶贫工作，通过民俗文化与观光旅游结合，开辟了一条产业扶贫的新路子。

如何在贫困程度最深的土瑶村发展旅游？平桂区首先想到的是土瑶的传统文化。据平桂区扶贫开发办公室相关负责人介绍，由于土瑶村寨偏远闭塞，受外界干扰小，土瑶许多文化传统被很好地保留下来，包括传统瑶寨、别具特色的服饰、以"人情房"为主的恋爱方式、被称为"婚后拜"的奇特婚俗、治疗和保健并用的瑶医瑶药，以及原生态"唱腔"、与别的瑶族支系不一样的民间信仰等，都是可与旅游开发结合的因素。

为此，平桂区在沙田镇金竹村和新民村各投入30万元，打造土瑶风情游旅发展基础设施项目；在狮东村大冲屯打造土瑶风情旅游和民俗博物馆，启动了鹅塘镇明梅村山顶"明梅顶"瞭望台的旅游开发项目。村民探索出"资源变资产、瑶山变景区、村民变股民"的旅游脱贫模式，以林地、土瑶老屋等资源入股，吸纳村民就业，增加村集体经济收入。海拔1208米的"明梅顶"集游客中心、傍山特色别墅、农家餐馆、山顶观景咖啡馆、步道及观景平台于一体，游客们可以观云海和日出，净化心灵；可以体验山岚雾霭，如入仙境；在冬季可以感受雪花漫天、冰封大地的美景，这样在山中做几日神仙又何妨！

这些文化旅游项目的建设，将为土瑶聚居区脱贫提供更多途径。开发完成后，可以为村民提供就业和发展机会，带动周边地区的贫困群众开发生姜、茶叶、手工艺品等特色产品。目前，步道、山顶观景平台已基本建成，停车场、傍山特色别墅等正在加紧建设中。

为巩固脱贫成效，平桂区依托槽碓村绿水青山的环境优势，引进企业把农户的闲置住宅逐步改造成特色民宿，通过特色民宿带动乡村旅游。槽碓村土瑶文化民宿项目"乡村记忆"也正在紧锣密鼓的建设中。据广西乡村记忆旅游投资有限公司郝飞虎总裁介绍，项目的道路改造、河面的整治、民宿的改造及相关配套设施的建设已经全面开工复工，并不断增加人手，2020年5月1日前项目已完成大部分。

土瑶文化民宿项目是一项"乡村旅游＋扶贫"模式的探索和实践。鹅塘镇槽碓村本着对土瑶文化的保护和传承原则，在改造中充分还原和保留当地土瑶文化符号，让游客体验到原生态的民族风情。项目名为"勉切邦"，"勉切"在瑶语中是"人情"的意思，即客人。"人客房"也即"人情房""言情房"，是土瑶青年男女谈情说爱的小屋，将民宿命名为"勉切邦"，既保留了土瑶的特色，也极具民族风情。

让我们一起来看看建设中的"勉切邦"。

寨门、民房改造及整村风貌既要考虑美观实用，又要尽量保留土瑶文化及原生态的生活习俗。还原土瑶元素，对树下的鸡舍、房前的小木屋等土瑶特色风情景观予以保留。对村道、挡土墙进行美化、加固改造，环村景观水系改造建设已基本完成。林中的木屋民宿、民房改民宿室内施工和星空房的建设也在抓紧进行中。戏水区的水池整体已经完成，周边的设施也在紧张施工中，这里将会是休闲度假最受欢迎的区域。

为方便村民售卖土特产而搭建的凉亭也基本完工；全村路灯亮化工程、生态停车场等大部分工程已经完成；游客休闲广场、游客中心、河道美化、土瑶文化展示工程也正在紧张地施工中；环村污水收集处理系统中的管道铺设已完成大部分，使槽碓村的环境净化水平得以进一步提升；环村游景观木栈道大体铺设完成。幽静、神秘的林间栈道，步入其间，令人通体舒畅、心旷神怡；闭上双眼，还可以听到久违的鸟啾虫鸣，倾听风拂过树叶发出"沙沙"的天籁之音；站在高处看云卷云舒，让身心放飞……

"乡村记忆"项目的建成，不仅使槽碓村更美丽，更让土瑶文化得以保护和传承，同时还能带动当地的消费和就业，促进当地村民持续增收，为实现脱贫发挥重要作用。乡村记忆，让土瑶乡村更美丽，让游客重拾美好的乡村回忆。

2020年3月11日，平桂区委书记赖春忠，区委副书记、统战部部长莫鼎革，副区长盘志求带领有关部门负责人到鹅塘镇槽碓村督导乡村旅游项目进展情况，现场协调解决项目推进过程中存在的困难和问题，督促各项目牵头领导、责任单位、施工单位加快推进乡村旅游项目的建设，以巩固脱贫成果。

赖春忠指出，开发乡村旅游项目，打造土瑶旅游品牌，槽碓村有基础、有基地、有优势。要抢抓机遇打造特色旅游项目，充分挖掘土瑶特色文化，丰富和提升旅游供给品质，加快文化和旅游融合发展，让游客来到槽碓村不仅能看到自然美景，更能感受到独特的土瑶文化。

赖春忠强调，要利用现有资源，改造完善供游客休闲度假的民宿、休闲娱乐场所。沿线的林业产业要结合乡村旅游观光需求做好规划布局，以增加游客新体验，增强景区吸引力。同时，要完善与旅游产业相关的公共配套设施，让游客愿意留下住下，实现最大的经济效益和社会效益，巩固脱贫成果。

赖春忠说，要坚持"乡村旅游＋扶贫"的工作思路，既保护好实体旅游项目发展，又造福旅游项目所在的村，帮助脱贫群众依靠旅游巩固脱贫成果。要加快旅游道路、游客中心、栈道、农家乐等旅游配套设施的建设进度，确保如期投入使用；要做好沿途道路两旁及村里的房前屋后的环境整治；要整治好旅游项目施工环境，相关部门和鹅塘镇要积极配合，着力解决好项目建设涉及的道路、电线杆、农房风貌改造等问题，齐心协力全力加快乡村旅游各项目的建设进度。

"发展民宿产业，让农房变景观、农村成景区、农民成房东，村集体成企业。"赖春忠坦言，把6个土瑶村的旅游项目建成一个新型旅游综合体，让土瑶群众吃上"旅游饭"，过上幸福新生活。

同时，平桂区着力加快改善交通、水利、能源等的基础设施条件，把计划3年完成的基础设施项目周期缩短为2年。2018年，投入资金5700万元，完成基础设施项目50个；2019年，共投入7884万元，加快推进89个基础设施项目。其中，投资5180万元建设的土瑶聚居区与外界联通的3条"经济通道"已基本建成通车；投资110万元的沙田镇狮东村等5个土瑶村电网改造项目已经完成。路通、水通、网络通，土瑶人民将告别闭塞的生活方式。

土瑶的加速度

乡村兴则国家兴，乡村衰则国家衰。

乡村是广大农村居民生产、生活的重要承载空间，也是国民经济和社会发展的重要组成部分。经过改革开放40多年的建设，我国农村地区基础设施建设、生态环境和经济发展都取得了重大进展。与此同时，在工业化、城镇化的快速推进过程中，乡村衰落、城乡发展不平衡等问题已经成为不争的事实。

沙田镇金竹村的盘冬花，从乡村走向城市，以切身经历见证了乡村与城市发展的差别。

1988年出生的盘冬花，家住金竹村鸭尾片，有四兄弟五姐妹，家中的贫寒程度可想而知。他家离镇上20多公里，他初中毕业后，便去贺州市打工，直到2007年才回村里结婚。同年，盘父为几兄弟分了家，盘冬花拿着分到手的400元钱，开始了小家庭独立自主的生活。他婚后同哥哥一家一起租住别人的旧板房，租金100元一年。2008年，盘冬花的妻子生了一个女儿，买不起纸尿裤，只能给孩子用尿布。一家人一个月都吃不上两三顿猪肉。盘冬花觉得特别对不起妻子和孩子，便再次外出打工。

盘冬花打工攒了些钱，便买来蒸酒锅，酿些米酒售卖。妻子也很勤快，夫妻二人同心协力，直到2012年，家里的经济条件才稍微好转。

可是，天有不测风云。2012年，盘冬花的父亲被查出患肺癌晚期，住院近一年。盘父病还没好，盘冬花又因劳累过度，患了肺结核。贺州市的医院没能确诊，盘冬花只好偷偷跑到南宁市做检查。此时，他儿子才1岁。本就赤贫的家突然多了两个病人，盘冬花当时不知道该如何面对这突如其来的变故，如今想起来仍是不堪回首。

2012年冬天，盘冬花没有回家，是在医院过的年，他怕自己的病会传染给家人。出院后，他坚持每个月吃药，一直吃到2015年。复查时，疾控中心的人说，他已经基本恢复了。一年后，他再去复查时，医生说，彻底康复了。医生感叹道，很少有人像他那样恢复得那么好的。2014年，盘父不幸离世。

盘冬花是2011年参加金竹村里的工作，那时候月工资只有三四百元。2013—2014年，他因患病做不了其他工作，但他又非常需要村里的那份工作。那两年，他反复住院。有一次，为了不影响工作，不拖延给村民购买新型农村医疗合作保险，盘冬花将鸭尾片区新型农村医疗合作保险的工作带到了住院部的病房里去做。村民对他也很信任，都将自家要填写的信息写在纸上交给他，盘冬花对照着这些纸条，在医院一边输液一边填写登记信息表并开具收据。

盘冬花身体痊愈后，在政府的引导下，种植了近20亩杉木、3亩生姜。他还养了300多只鸡、10多头猪。因为瑶山上气温低，要养出与山下同样大的猪，在瑶山上就得多养两个月。

盘冬花为土瑶村民供应养猪的酒糟，同时将酿好的米酒拿到"老乡家园"售卖。2018年，盘冬花一家通过易地搬迁的方式在"老乡家园"分得一套90平方米的房子。从此，盘冬花一家也成为城里人了。

他在"老乡家园"二期10栋盘了一个门面，办理了营业执照和卫生许可证等，在那里做米酒生意。盘冬花说，米酒的利润不高，虽然政府对他这样的贫困户的税收有所减免，但他仍感到有些吃力。盘冬花的米酒店名叫"瑶村酒业坊"，他原本想注册"瑶家小锅米酒"这个店名的，但却被人抢先注册了。

如今，盘冬花的妻子在城里照顾两个上学的孩子，同时负责打理米酒店，盘冬花则住在村里酿米酒，看护山上的杉树和生姜等，同时喂鸡、喂猪。一家人过得其乐融融，生活也有了新的盼头。

2017年党的十九大提出实施乡村振兴战略，要求坚持农业农村优先发展，让农业成为有奔头的产业，让农民成为有吸引力的职业，让农村成为安居乐业的美丽家园。

2018年中央一号文件，就是以乡村振兴战略为主题，并明确了乡村振兴的重大意义和总体要求。总要求有五个：一是形成现代农业产业体系，实现产业融合发展，保持农业农村经济发展活力；二是改善基础设施，统筹山水林田湖草保护建设，保护好绿水青山和清新美丽的田园风光；三是推进移风易俗、文明进步，弘扬农耕文明和优良传统，提高农民综合素质和农村文明；四是加强和创新农村社会治理，加强基层民主和法治建设，使农村更加和谐、安定有序；五是让农民有持续稳定的收入来源，经济宽裕，衣食无忧，生活便利，共同富裕。

　　沙田镇金竹村第一书记庄川一直都在思考，金竹村该如何做好脱贫攻坚与乡村振兴的衔接，如何利用金竹村的良好生态环境和绚丽多姿的土瑶文化来发展乡村旅游。他的设想是将金竹村土瑶文化保护和生态保护结合起来，打造土瑶文化生态保护示范点，通过挖掘和保护土瑶文化，以土瑶文化元素为引导，以特色旅游产品开发为手段，同时保护好土瑶山区的生态资源，深入开发旅游精品，在保护土瑶文化和原风原貌的基础上，积极对土瑶村寨进行文化旅游村打造，提高金竹村土瑶文化自信，引领群众脱贫致富，在弘扬传统文化、传承民俗民风的同时，保护土瑶聚居区的生态环境，提升金竹村土瑶人居环境，打造土瑶文化旅游品牌，真正使土瑶文化"壮"起来、"美"起来。

　　金竹村正在按计划做好脱贫攻坚和乡村振兴的衔接工作。庄川说："我们不满足于仅仅是脱贫，而是正在带领村委的一班人，思考如何振兴土瑶村，如何充分利用现有的资源禀赋，克服山多地少、技术资金缺乏、销售途径不畅等困难，在乡村振兴中迅速缩短与先进农村的差距，实现脱贫致富。"

　　目前，金竹村依托引进的贺州市贺青生态农业开发有限公司，在金竹村创办青茶加工扶贫车间，打造生态高端茶叶品牌"贺青"，并以茶叶加工为依托，发展乡村旅游，投资建设土瑶特色木屋，发展民宿。同时以茶厂为中心，租赁120多亩山地，发展茶树种植、特色民俗项目等。

　　鹅塘镇槽碓村是平桂区的两个乡村振兴示范点之一。槽碓村第一书记陀东认为，要使脱贫工作与乡村振兴有效衔接，必须搞"农旅"

项目。他从大方向、长远考虑，认为槽碓村的旅游资源十分丰富，拥有瀑布、山林、河流等自然景观，"绿水青山就是金山银山"，加上浓郁的民风民俗、精美的瑶绣和古朴的古法制茶，这些都是得天独厚的条件。此外，槽碓村冬暖夏凉，气候宜人，非常适合开发集旅游、休闲、避暑、探险于一体的项目。2020年5月3日，在鹅塘镇槽碓村由民营企业广西乡村记忆旅游投资有限公司组织实施旅游项目的施工现场，工人们正在如火如荼地工作着。

2020年，平桂区立足原生态的乡村环境、传统的土瑶民俗文化，在保持原生态农业产业的基础上，积极引导民营企业发展以乡村观光、土瑶民俗体验、山林休闲养生等为主导的乡村旅游业，推动产业转型升级，延伸农业加工、手工业等产业，使农业发展与旅游开发有机结合，形成可持续发展的"农旅"综合产业，实现乡村旅游产业助力土瑶乡村振兴的目标。通过固有的特色产业持续发展，加上现在的"农旅"结合的开展，乡村振兴有了依靠。

习近平总书记强调，要把乡村振兴战略作为新时代"三农"工作总抓手，促进农业全面升级、农村全面进步、农民全面发展。在实施乡村振兴战略中要注意处理好以下关系。一是长期目标和短期目标的关系。要遵循乡村建设规律，坚持科学规划、注重质量、从容建设，一件事情接着一件事情办，一年接着一年干，切忌贪大求快、刮风搞运动，防止走弯路、"翻烧饼"。二是顶层设计和基层探索的关系。党中央已经明确了乡村振兴的顶层设计，各地要制订符合自身实际的实施方案，科学把握乡村的差异性，因村制宜，发挥亿万农民的主体作用和首创精神，善于总结基层的实践创造。三是充分发挥市场决定

性作用和更好发挥政府作用的关系。要进一步解放思想，推进新一轮
农村改革，发挥政府在规划引导、政策支持、市场监管、法治保障等
方面的积极作用。四是增强群众获得感和适应发展阶段的关系。要围
绕农民群众最关心、最直接、最现实的利益问题，加快补齐农村发
展和民生短板，让亿万农民有更多实实在在的获得感、幸福感、安
全感。

在各级党委和政府及社会各界的大力帮扶下，土瑶聚居区在全面
打赢脱贫攻坚战之后，将以更快的速度，在乡村振兴的路上飞奔。

后记

土瑶的路与远方

此刻，我在广西的首府南宁，距离我所采访的6个土瑶村500多公里。当我身处闹市，整理关于土瑶的相关资料时，心绪久久难平。

槽碓村、金竹村、明梅村、狮东村、新民村、大明村，这6个土瑶村，每一个村寨里都留下了我的足迹。采访期间，贺州市平桂区委宣传部常务副部长王忠民和办公室工作人员陈卫贤，以及广西科学技术出版社的副总编辑黄敏娴和编辑部主任方振发、编辑程思陪同前往，他们都给予了这本书极大的支持。

瑶山的路，是一条神奇的天路。犹记得第一次走进瑶山时，千回百转的山路上，左边是万丈深渊，右边是悬崖峭壁。道路湿滑，山道两旁不时可见一堆土或一块落石。陈师傅是一位经验丰富的老司机，但我坐在车上仍提心吊胆。其中有一处路段，一眼望去前方已是悬崖，看上去无路可走了，陈师傅沉着地探出头来，先将车开到路的尽头，而后又倒退一米多，再一个右转弯，才能继续前行。这惊险的一幕，令人心惊胆战，吓出了我一身冷汗。下车时，我已是两腿发软。而土瑶人民长期生活在这样的环境之中，这样的路，是他们的必经之路。

瑶山的路，是一条脱贫致富的康庄大道。从两任全国劳模盘少明，到各村扶贫攻坚的第一书记、村干部和驻村工作队员，这些土瑶山区的建设者们，筚路蓝缕，跋山涉水，踏遍一道道蜿蜒的山路，踏出一条条平坦的硬化路。这些路见证着扶贫工作者经历的一场场险境、一幕幕温暖、一丝丝回忆，许多耕耘与许多收获。

这是一条走出大山、脱贫致富的雄关漫道，而土瑶人民已经走在路上。

土瑶人民太穷了。在新民村村支书赵进文家，我平生第一次吃到存放了7年的米，淡黄色的陈米和新米掺杂在一起，吃在口里索然无味，我的心里也是五味杂陈。过去土瑶同胞平时餐桌上的菜式很简单，一餐仅一两个菜，也极少能吃到新鲜的肉。

土瑶人民太苦了。这里"山高石头多，出门就爬坡"，从前有些孩子上学要走几十公里的山路。有一个孩子上学甚至要步行9个小时！难忘那一双双因长期劳作而长满老茧、布满伤痕的手，那一张张长期暴晒在太阳下黝黑的脸，那一弯弯因常年采茶叶、挑生姜、背杉树而佝偻、变形的脊背。

土瑶人民太勤劳了。那些七八十岁仍背着竹篓、编织着竹编的老奶奶，那些唱着山歌、绣着瑶绣的少妇，那些挑着重担上山下山的土瑶汉子，那些在城里辛苦做工的年轻人……

土瑶人民太热情了。一到金竹村，可爱的孩童那一声声稚气的"阿姨好"；槽碓村农家乐民宿前潺潺的流水，孩子们天真的笑声；那低婉的瑶歌，以及具有浓烈民族色彩的瑶族舞蹈，充满着与命运抗争的气息。好客的土瑶儿女已经敞开山门，摆好丰盛热闹的长桌宴，备好醇香浓烈的米酒，还有土生土长的石壁菜、地王菜、沙瘅菜……更有那风味独特的腌酸肉、清水鸭等，恭迎着五湖四海的朋友们。

苍莽的林海中，那一株株巍然挺立的杉树，那一棵棵绿茵茵的茶树，那一块块裹满泥土的生姜，漫山遍野、青翠欲滴的楠竹，久负盛名的高山黑茶，纯正香甜的野生蜂蜜，清香脆爽的苦笋，都是瑶山人民的希望。茶叶、生姜、杉树、楠竹、茭白、油茶、八角、鸡血藤、草珊瑚、蜂蜜……这丰饶的山，默默地庇佑着她的土瑶子民。

高山下流淌着甘甜清冽的山泉水，喝上一口便能让人心旷神怡、神清气爽。一首热情似火、高亢的敬酒歌，足以驱散瑶寨的微寒。

在明梅顶可以看到的令人惊叹的天象，瞭望台上极目远眺，群山如无边巨浪逶迤起伏直奔眼底，蓝天上白云缥缈，时卷时舒。这里最高海拔1208米，常年云蒸霞蔚，远离都市的喧嚣，显得如此宁静。此刻，不觉让人物我两忘。

近两年，我在北京师范大学读在职研究生，广西人民的好儿女、"全国优秀共产党员"、"时代楷模"、"全国脱贫攻坚模范"黄文秀是我的师姐。在北京师范大学的政治课堂上，当一位老教授讲到全民脱贫致富时，我和在座的同学们都曾不以为然。如今，当我走进平桂区的深山，一步步丈量了土瑶的6个村，深入土瑶人民的生活之后，才意识到自己的浅陋。

我无法像黄文秀师姐一样，像在土瑶聚居区采访到的每一位第一书记、村干部、驻村工作队员一样在一线参与扶贫，但我可以用自己的拙笔，将他们的故事记录下来，感人的、艰难的、惊险的……每一个故事，每一段经历，都弥足珍贵。我唯恐遗漏一个好人、一件好事，我一遍遍地打电话或发微信催促各村的第一书记，希望他们和驻村工作队员在这本书里留下扶贫的足迹，然而，他们都很谦逊，认为自己做的都是琐碎的事，都微不足道。因此，这本书尚留下许多遗憾，还有许多扶贫工作者默默无闻地奉献着，却没有留下只言片语。

2019年，我有幸成为广西壮族自治区党委宣传部广西当代文学艺术创作工程"出名家出名作"项目作家，这更激励我创作出更有温度的作品。感谢贺州市平桂区委宣传部和广西科学技术出版社对这本书的大力支持。

这本书算是写完，我也即将搁笔，但我仍然难舍土瑶人民。土瑶以她独特的地理地貌，独特的民族支系，独特的民族文化，独特的生产方式，独特的农副产品，独特的生活习俗，正一步步走出大山，走出一条致富之路。

那一碗碗醇香的米酒，从村头香到村尾，萦系在你我心头；那一曲曲动听的瑶歌，从这山唱到那山，缭绕在群山之中。

山还是那座山，山已不是那座山。山那边，有光。